어른이 되었지만
아직 배우는 중입니다

어른이 되었지만
아직 배우는 중입니다

박푸들 지음

harmonybook

프롤로그

제가 이 글을 쓰게 된 계기는 저의 이야기를 여러분들에게 들려드리고 싶어서였어요. 그렇다고 제가 남들보다 특별한 경험을 했다거나 그런 건 전혀 아니에요. 그럼에도 불구하고 저는 제 이야기를 여러분들과 나누고 싶었어요. 저라는 사람은 어떤 생각들을 하며 살아왔고 지금도 이렇게 살아가고 있다고 말이에요.

우리에겐 각자의 이야기가 존재해요. 하루하루 평범한 일상인 것처럼 보이지만, 여러분들의 이야기 하나하나는 모두 특별하답니다. 세상에 사연 없는 사람은 없어요. 평범한 것 같은 하루도 사실은 우리의 이야기가 한 장 한 장 쓰이고 있는 특별한 하루랍니다.

저는 제 생각과 이야기들을 책 속에 담으면서 이 이야기를 읽는 여러분이 그저 편안하게 즐겨주셨으면 하는 마음이 있었어요. 이 글에는 멋진 문장이나 가슴에 와닿는 명언 같은 말들은 나오지 않지만 무심코 틀어놓았던 라디오에서 나오는 수많은 사연 중 하나같은 그런 이야기들, '그럴 수 있지' 하고 공감할 수 있는 그런 이야기들을 들려드리고 싶었어요.

그리고 세상엔 여러분의 이야기를 궁금해하고 또 공감해 주는 사람들이 있다는 것을 잊지 않으셨으면 해요. 저는 여러분의 이야기가 궁금하답니다. 그러니까 혼자라고 생각하지 마세요. 우리한테는 소중한 우리 자신이 있고 또 여러분들의 이야기가 궁금한 제가 있으니까요.

　이 책의 본론으로 들어가기 전에 저는 여러분들에게 묻고 싶답니다.

　여러분의 오늘 아침은 어떠셨나요?
　식사는 챙겨 드셨나요?
　간단하게라도 드셨으면 좋겠지만 만약 그러지 못하셨다면 점심은 꼭 든든하게 드세요. 그럼 우리 커피 한 잔 들고 오늘도 힘 내볼까요? 아자아자!

본문에 들어가기 앞서...

　우리는 스스로 빛을 내는 존재이기에,

　오늘도 우리의 빛이 누군가를 따뜻하게 해주고, 세상을 밝
게 비춰주며 회색빛 세상 속에서 그래도 아직 세상은 살만하
다고 아직 따뜻한 세상이라고 웃음 짓는 하루가 되길.

나, 그리고 우리의 이야기

차례

나,

그리고 우리의 이야기

1

세상이 판타지 같다면
얼마나 좋을까요

　세상이 책 속의 이야기들처럼 판타지 같다면 얼마나 좋을까요? 누구나 한 번쯤은 내 앞으로 도착한 호그와트 입학 편지 같은 이야기를 꿈꿔 본 적이 있을 거예요. 저 또한 그랬거든요. 사실 아직도 기다리고 있다는 건 안 비밀이지만. 이미 30대인 나이임에도 불구하고 아직도 여전히 저의 마음 한구석엔 '아직 늦지 않았어! 나한테도 호그와트 입학 편지가 올 거야!'라는 마음을 간직한 채 살고 있답니다.

　생각해 보면 인생이란 어떻게 흘러갈지 모르는 미완성된 시나리오의 연속인 것 같아요. 아무리 계획을 완벽하게 잘

세워놔도 세상은 그 계획표에 맞춰서 돌아가 주지 않죠. 그렇기 때문에 우리는 더더욱 마음 한편에 항상 꿈이라는 희망을 심어 놓아야 해요. 그게 비록 책이나 영화에서 일어날 법한 이야기라도 말이에요.

'나는 호그와트에 꼭 입학할 거야!' 가 목적이 아닌, 나를 살아가고 움직이게 만드는 힘을 기르는 거예요. 자동차에도 연료가 필요하듯이 우리의 인생에도 연료가 필요하기 때문이죠. 그리고 그런 연료는 바로 우리 마음속 한편에 간직하고 있는 우리의 꿈이랍니다.

제가 간직해오는 꿈처럼 터무니없어도 좋아요. 그저 '그래! 나한테는 꿈이 있어!'라고 긍정적으로 생각하게 하는 힘. 우리에게 필요한 건 바로 그런 거예요.

그래서 저는 런던 여행을 계획했어요. 비록 코로나바이러스가 퍼지는 바람에 기약 없이 미뤄지긴 했지만 그래도 괜찮았어요. '나는 무슨 일이 있어도 런던에 가고 말 거야!'라는 마음속의 꿈이 자리 잡고 있으니까요.

저도 처음부터 이렇게 긍정적으로 세상을 바라보게 된 것은 아니에요. 한동안 우울이라는 지독한 감정에 빠져서 헤어 나오질 못했었던 적도 있었죠. 그때 당시에 방구석에 틀어박혀 무기력하게 누워있는 동안에도 머릿속에선 그 감정에서 벗어나기 위해서 죽을힘을 다해 끊임없이 제가 하고 싶은 것들을 생각하고 꿈꿨기에 지금의 제가 있을 수 있었어요.

그래서 저는 믿어요. 우리가 꿈을 간직하고 있다면 우리를 기다리고 있는 저 거대한 세상 속에서 움직일 수 있는 힘이 생긴다고 말이에요.

'안녕 꿈아! 앞으로도 내 마음속에 잘 있어줘!'

2

우리 마음속
무한한 가능성을 위하여

여러분은 어렸을 때 크면 어떤 사람이 되고 싶으셨나요? 저 같은 경우엔 어릴 적에 좀 많이 말괄량이였던지라 집에 있는 TV란 TV는 다 부시며 전화기를 다 뜯어봤을 땐 과학자가 될 줄 알았고, 부모님의 안방 침대에 온갖 양념들과 소스로 범벅을 해놓고 당당하게 보여 드렸을 땐 5성급 호텔 셰프가 될 줄 알았어요. 지금 생각해 보면 저는 정말 육아난이도 최상급이었던 꼬마였죠.

하지만 사람 일은 모른다고 했던가요. 그렇게 하고 싶은 것도 많고 말괄량이였던 저는 어느새 커서 제 스스로 방향을 잃고 주변의 말대로 움직이기 시작했어요. 예를 들면 주변에서 "넌 잘 웃으니까 서비스 직업이 어울려" 하면 "아, 그런가? 난 그런 게 어울리는구나. 그럼 난 그걸 해야겠다." 생각하며 준비했고, "넌 이렇게 해야 돼." 하는 말엔 또 "그렇구나. 그게 아니면 난 할 수 있는 게 없을 거야."라고 생각하며 내가 하고 싶은 일 대신 다른 사람이 생각했을 때 나에게 맞을 것 같은 일을 선택했어요.

남이 그려주는 삶을 산다는 건 제가 뭘 하고 싶은지 몰라서 헤매는 것보다 더 어려운 일이었어요. 그러다 보니 그 끝에는 우울이라는 감정이 보란 듯이 저를 기다리고 있었어요. 그만큼 자책도 많이 했고, 그보다 더 제 자신이 바보 같아 보일 수 없었죠.

저는 모든 걸 내려놓고 내가 진짜 원하는 건 무엇인지, 또 어떤 걸 좋아하고 하고 싶은지 찾아보기로 했어요.

우리가 정말로 하고 싶은 일을 찾는 건 중요한 일이에요. 그리고 그 과정에서 누구나 시행착오를 겪을 수 있지만, 그런 경험들은 절대로 잘못된 게 아니에요. 넘어졌다고 자괴

감에 빠질 필요도, 우울해할 필요도 없어요. 넘어지면 다시 일어나면 되니까요.

저는 저를 기다리고 있던 거대한 우울에 갇혀 있을 때 우울하다는 이유로 스스로 일어설 생각도 하지 않고 그냥 그대로 드러누웠던 적이 있었어요. 그러다 원하는 걸 하나씩 생각하게 되었고 그 지독한 감정에서 겨우 빠져나온 뒤, 수도 없이 넘어지며 원하는 일을 찾게 되었어요. 하고 싶은 일을 찾고 보니 더 이상 시간을 지체하고 싶지 않았어요. 그리고 바로 행동으로 옮기기로 했죠.

누구나 마음속에 무한한 가능성을 가지고 있기에 못할 건 아무것도 없어요. 시작도 하기 전에 미리 겁먹고 포기하지 마세요. 여러분이 어떤 일에 흥미를 느끼고 또 어떤 일을 좋아하는지는 아무도 모르는 거니까요.

주변에서 하고 싶은 일을 찾는 나에 대해 혹은 하고 싶은 일을 시작하려는 나에 대해 부정적인 소리를 늘어놓는다면, 그런 말들은 한 귀로 듣고 한 귀로 흘려들으세요. 그 사람들은 저희의 인생을 대신 살아주지 않아요. 그냥 나에 대해 잘

모르는 사람들이 하는 말에 상처받지 말고 진정으로 원하는
일을 망설임 없이 시작하세요.

'나는 나만의 길을 간다!'

3

마라톤 경주 속에서

막 30대로 접어들 무렵에는 새해가 다가오는 게 정말 싫었어요. 아무것도 한 게 없는데 나이로는 계란 한 판을 채웠고 그 시간들을 허투루 쓴 것 같은 기분이 들어서 무섭기도 했죠. 주변에서는 원래 인생은 30살부터 시작이라고 했지만 전 그 말을 듣고 웃을 수 없었어요. '그래 누구는 30살부터라고 이야기하겠지. 그렇지만 난 아무것도 해 놓은 게 없는걸. 그런 말은 준비된 사람들이나 하는 거지.'라고 생각했거든요.

결국 시간은 속절없이 흘렀고 전 마라톤 경주 속에서 혼자 우두커니 멈춰 서서 움직이지 못하고 있는 것만 같았어요. 다들 열심히 달리는데 나 혼자 움직일 줄 모르는 사람처럼 가만히 달리는 사람들을 바라만 보고 있는 기분이었죠. 난 아직 철도 안 들었는데 세상은 나를 기다려주지 않고 덩그러니 남겨둔 느낌이랄까요.

그러다 보니 마음만 급해져서 해야 하는 것과 하고 싶은 것들이 뒤엉켜버렸고 어디서부터 어떻게 시작을 해야 할지도 막막했어요. 거기다 원하는 걸 찾기 위해 이것저것 해보는 것도 주변에서는 이제 그럴 나이가 아니라며 정신을 똑바로 차리라고 강요받기 시작했어요.

하고 싶은 일에 때가 정해져 있는 걸까요? 그럼 우린 나이를 먹어간다는 이유로 많은 것들을 포기하고 그냥 지나쳐야만 하는 걸까요? 누군가가 내 인생을 대신 살아줄 것도 아닌데, 마치 아바타를 조정하듯이 '그렇게 해, 그렇게는 하지마, 그건 안돼, 너무 늦었어.'라는 말들로 우리를 마음을 흔드는 걸까요?

흔들리는 우리의 마음은 아마 많은 것들을 포기하고 새로

도전하기엔 두려운 마음이 앞서 있기 때문일 거예요. 하고 싶은 일을 하기 전에 우린 '그걸 도전해 보자!'라는 생각 대신, '내 나이가 지금 00살이니까 이걸 하고 나면….'이라는 계산들이 먼저 앞서게 되죠. 가끔은 그런 계산을 할 수밖에 없는 현실이 더욱더 냉혹하게 느껴지기도 해요.

'이걸 해서 언제 자리를 잡고 언제 돈을 모으지?'
저도 제일 많이 고민했던 부분인 것 같아요. 20대 후반부터 무언가를 시작하기 전에 항상 이런 고민들을 했었고, 그때는 '이걸 하고 나면 벌써 30대잖아 그럼 늦은 거 아니야?'라는 생각으로 많은 것들을 포기했었지만, 30대인 지금 그때를 생각해 보면, 그때는 늦은 게 아니었고, 지금도 여전히 늦지 않았다는 것을 뼈저리게 느끼게 되었죠.

4

실수해도 괜찮아요

　여러분은 긍정적인 마음으로 하루를 보내고 계시나요? 저는 우울에서 빠져나온 그 순간이 터닝포인트가 되어서 항상 긍정적이고 감사하는 마음을 가지려고 노력하고 있어요. 그리고 그런 마음이 모이면서 스스로가 더 강해지는 것 같은 기분이 들었어요.

　제가 정말 좋아하는 해외 드라마가 있는데, 바로 영국에서 방영했던 '미란다'에요. 한창 우울이라는 어두운 방구석에 혼자 있을 때 미란다를 처음 본 뒤로 하루 종일 그것 만 보고 있을 정도로 푹 빠져 있기도 했었는데, 모니터 속 미란다와 눈이 마주칠 때면 꼭 제게 '괜찮아요. 실수할 수도 있죠. 그래도 괜찮아요. 당신은 뭐든 할 수 있어요!'라고 응원해 주는 것 같았어요. 그래서 화면 속의 그녀에게 더 고맙기도 했죠. 어떤 상황이든 그럴 수 있다는 듯, 별거 아니라는 듯 이 재치 있게 넘어가는 그녀의 모습에 저는 용기를 얻었어 요. '그래 살다 보면 실수할 수도 있고, 우울할 수도 있지. 그러니까 너무 힘들어하지 말자!'라고 생각하게 되었죠.

우리는 완벽한 인생을 바라지만 세상은 뜻대로 돌아가 주지 않고 그 속에서 실수도 하고, 생각지도 못한 상황과 마주하여 울고 웃기도 하죠. 그렇지만 너무 자책할 필요 없어요. 세상에서 나만 그런 것 같고, 그래서 외롭다는 생각이 든다면 지금 바로 저 멀리 우주 끝까지 날려버리세요. 누구나 실수를 하고 누구나 생각지도 못한 상황에 울고 웃는 게 세상이에요. 정말 완벽해 보이는 사람도 사실은 우리가 모르는 또 다른 모습은 실수투성이일 수도 있어요. 여러분만 그렇지 않아요. 저도 그런걸요.

자주 방문하는 쇼핑몰의 비밀번호를 깜빡해서 몇 번이고 찾기도 하고, 필요한 물건을 사러 갔다가 쓸데없는 것만 잔

뚝 사 와서 보니 정작 사야 하는 건 안 사고 그냥 왔고, 날짜를 착각해서 계획했던 일들을 하나씩 놓치기도 하고, 냉동실에 넣어놔야 할 얼음 트레이를 깜빡해서 얼음이 다 녹기도 하고 그래요. 그렇지만 세상을 살아간다는 게 다 그런 거 아니겠어요? 인간미 있는 우리의 모습 저는 정말 보기 좋다고 생각해요. 앞으로는 우리의 그런 모습들을 더 많이 사랑해 주도록 해요.

'어떤 모습이든 사랑스러운 나!'

5

감사의 마음을
전한다는 것

여러분은 하루에 감사하다는 말을 얼마나 하고 계시나요? 혹시 일상에서 겪는 모든 일들이 너무 당연하게 느껴져서 감사하는 마음을 잊고 지내진 않으신가요? 세상에 당연한 일들은 아무것도 없어요. 우리가 너무 자주 겪어서 익숙한 일들도 결국엔 우리의 하루를 만들어가는 특별하고 감사한 일들이에요. 감사의 마음은 우리에게 항상 좋은 일들을 선물해 준답니다.

어느 날 제가 자주 가는 디저트 가게의 마카롱이 너무 먹고 싶어서 글을 쓰다가 준비를 하고 달려간 적이 있었어요.

저는 평소에 낯을 많이 가리는 성격이라 단골가게에 가도 별다른 말을 하지 않는 편인데 그날은 무슨 바람이 불었는 지 마카롱을 계산해 주시는 사장님께 마카롱이 너무 맛있어서 계속 생각난다고, 집 앞에 이 가게가 생겨서 너무 좋다고 말씀드렸어요. 제 말을 들은 사장님은 너무 좋아하시면서 방금 구운 스콘을 서비스로 넣어주셨어요. 생각지도 못한 서비스에 저 또한 너무 기분이 좋아서 감사하다는 인사를 몇 번이고 전하고 나서야 가게를 나설 수 있었어요.

항상 마음속으로만 이 가게가 생긴 걸 좋아하다가 직접 입밖으로 꺼내니 뜻밖에도 저와 사장님 둘 다 기분 좋은 순간을 경험하게 되었죠.

상대방에게 친절을 베푸는 건 어렵지 않아요. 그리고 그런 행동과 감사하는 마음은 '나'를 기분 좋게 만들어주는 소중한 마음이기도 해요. 저는 제 스스로를 사랑하는 법을 배우면서 나 자신뿐만 아니라 제가 만나는 모든 사람들이 소중하다는 것을 깨달았어요. 누구나 소중하지 않은 사람은 없어요. 나 자신은 소중하면서 남을 함부로 대한다면 그건 나조차 정으로 사랑할 줄 모르는 사람이에요.

나 자신을 사랑하고 상대방을 소중히 여긴다면 그 마음은 우리에게 마법 같은 일들을 선물해 줄 거예요. 감사하는 마음을 갖는 건 어렵지 않아요. 사소한 것부터 시작해 보세요.

'나는 소중해, 그리고 너도 소중해. 이런 소중한 마음을 가질 수 있어서 정말 감사합니다.'

6

말 한마디에
담겨 있는 힘

때로 우리는 바쁜 일상에 치여 가족들 또는 친구들과의 대화를 무의미하게 넘기기도 하죠. 무슨 말을 들어도 감흥이 없고, 또 영혼 없는 리액션을 할 때도 있을 거예요.

제가 어느 날 친한 친구와 평소처럼 통화를 하는 도중에 친구가 저에게 이런 말을 한 적이 있어요. '나는 너의 일상이 궁금해. 아침에 일어나면 뭘 하는지, 그런 사소한 것들 말이야. 난 너를 보고만 있어도 행복해지거든.' 그 친구의 말 한마디에 저는 하루 종일 행복하게 보낼 수 있었어요.

우리가 하는 말에는 힘이 담겨 있어요. 매사에 항상 부정적으로 말하는 사람들을 보면 그 사람 주변에는 부정적인 일들이 가득하고 또 진정으로 행복해 보이지 않죠. 그렇지만 항상 긍정적인 사람들은 생각지도 못한 좋은 일이 생기기도 하고 또 사소한 것에 감사할 줄 아는 사람이기에 정말 행복해 보이기도 해요.

우리의 인생은 우리가 말하는 대로 움직이고 행동하게 되어있어요. '다 잘 된다!'라고 생각하면서도 '근데 진짜 잘 되겠어?'라는 의심을 놓지 못한다면 인생의 방향은 '잘될 거야'가 아닌 '잘 되겠어?'라는 쪽으로 흘러가게 돼요. 그렇게 흘러간 일들은 결국 잘 풀리지 않아요. 나를 온전히 믿지 않고 의심하는 마음이 우리 앞에 '짠! 네가 원하는 게 바로 이런 거였지?' 하고 나타나게 되는 거죠.

의심과 불신 그리고 부정적인 마음은 우리의 인생을 그 방향대로 흘러가게 해요. 그리고 우리는 생각하게 되죠. '왜 이렇게 일이 안 풀리지?' '이렇게 해 봤자 난 안 될 거야' 그럼 그 상황에서 또다시 내가 생각하는 방향대로 계속 흘러가는 거예요. 내가 생각한 대로 그 상황이 눈 앞에 펼쳐지게 되는 거죠.

 생각해 보세요. 그 부정적인 상황은, 우리가 의심하고, 말하고, 생각한 대로 된 것은 아닌지. 내가 진짜 이루고 싶었던 일들에 조금의 부정적인 마음이 없었는지 말이에요.

 사람들은 긍정의 힘이 중요하다고 배우면서 정작 그렇게 따르지 않아요. 우리가 아침에 눈을 뜬 순간부터 부정적인 말들을 몇 번이나 하는지 한 번 생각해 보세요. '출근하기 진짜 싫다.' '언제까지 이렇게 살아야 하지?' '일하기 싫다 퇴근이나 했으면 좋겠다.' 우리는 습관처럼 그런 말들을 내뱉고 생각하면서 하루를 보내고 있어요. 그리고 그 말들은 우리에게 스트레스를 주고 결국 무기력하게 만들기도 하죠.

7

행복이 별거 있나요

여러분은 생각을 비우고 싶을 때 무엇을 하시나요? 저는 어느 날 한번 글을 쓰다가 뒤죽박죽이 된 머릿속을 정리하려고 바람을 쐬러 공원으로 나갔어요. 아무 생각 없이 공원을 한두 바퀴 돌다 보니 엉켜져 있던 생각들이 조금씩 정리가 되면서 정신이 조금은 맑아지는 기분이 들었죠. 그러고 나서 집으로 돌아가는 길에 무심코 돌아봤던 곳엔 유치원 차 한 대가 서 있었는데 그 옆에서 선생님과 아이가 웃으며 꼭 끌어안고 있는 모습이 보였어요. 그 장면을 보니 왠지 모르게 저까지 웃음이 나면서 마음까지 가벼워지는 것 같았어요.

무심코 돌아보다 마주하게 된 장면 하나에도 이렇게 기분 좋을 수 있다는 사실에 행복이란 정말 별거 아닌데 지금까지 너무 아등바등 살아온 게 아닌가 하는 생각이 들기도 했어요.

우리는 하루에 행복할 수 있는 순간들을 몇 번이나 그냥 지나치고 있을까요? 그리고 꼭 거창해야만 행복한 것일까요?

웨이팅이 필수인 식당에 갔는데 자리가 있을 때, 정말 사고 싶었던 물건이 항상 품절이었는데 어느 날 재고가 있을 때, 꽈배기가 먹고 싶다고 생각했는데 부모님이 시장에 다녀오시면서 꽈배기를 사다 주셨을 때. 생각해 보면 우린 행복한 순간들과 참 여러 번 마주하고 있어요. 그렇지만 왜 우리는 행복하다는 생각보다 오늘 일진이 안 좋다며 힘들다는 생각을 더 많이 하게 되는 걸까요?

우리의 마음이 부정에 익숙해져 버린 나머지, 행복한 순간이 다가오면 마음속에 오래 머무르지 못하도록 막고 있는 것은 아닐까요? 그래서 사소한 행복에는 감사하지 못하도록 감정의 다리를 무너뜨려 버린 것은 아닐까요?

여기서 유독 질문을 많이 드리게 되네요. 행복이란 참 쉬우면서도 어려운 문제인 것 같아요. 그래서 저도 사소한 것부터 감사하도록 열심히 배우고 있답니다. 우리는 배우고 습득할 수 있는 능력을 가지고 있기에, 작은 것부터 시작하다 보면 그 능력은 눈덩이처럼 불어나 무너뜨린 다리를 다시 연결시켜 주고, 막아선 마음도 다시 길을 열어줄 거예요. 오늘도 우리 모두가 행복하길 바랍니다.

'여러분 행복하세요!'

8

우리에게 주어진
영원한 숙제

저희는 살면서 평생의 숙제라고 여겨지는 것들이 있어요. 그중 하나가 바로 다이어트죠. 저는 평소에 옷이나, 신발, 악세사리 같은 쇼핑을 잘 안 하는 편이어서 언니가 독립하기 전에는 옷을 공유했었어요. 그러다 언니가 독립을 하고 나서는 주기적으로 저를 데리고 쇼핑을 하고 있어요. 그런 저도 좋아하는 쇼핑이 있는데 바로 마트 쇼핑이에요. 특히나 자극적인 걸 좋아해서 한번 장을 볼 땐 매운 거! 단 거! 자극적인 거!를 외치며 열심히 장바구니에 담기 바쁘죠.

언젠가 한번 '그래 괜찮아. 맛있게 먹으면 0칼로리래.'라고 생각하면서 체중계랑 사이가 좀 멀어졌던 때가 있었어요. 바지가 점점 꽉 끼는 것 같은 기분이 드는 걸 애써 모른 척 하다가 구석에 치워놨던 체중계를 꺼내서 올라가 봤는데 이게 웬걸 10kg 가까이 쪄 있었어요. '내가 뭘 그렇게 많이 먹었다고 이렇게 쪘지!?'라고 충격을 받고 돌이켜보니 정말 많이 먹긴 해서 더 이상 부정할 수 없었죠.

몸무게를 재보고 좀 심하게 먹었다고 인정한 저는 그때부터 다이어트를 시작했지만 그렇게 다짐하고 나서 수십 번은 실패했어요. 옛날에는 '이런 걸 어떻게 참고 그렇게 독하게 다이어트를 했지?'라고 생각하면서 아이스크림을 꺼냈죠.

그러다 보니 예전 회사에 다닐 때 했던 지독한 다이어트가 생각났어요. 그때 당시에 회사 동료들 사이에서 필라테스가 유행했었는데, 그냥 정말 유행만 했어요. 다들 한다고 하니까 등록은 했지만 직장인들이 출퇴근을 하다 보면 그런 거 아니겠어요? 등록해놓고 오늘만 쉬어야지 하는 그런 마음들.

다들 운동은 빠지더라도 한마음으로 다이어트를 했었어

요. 필라테스 강사님의 카톡은 무서워하면서도 하루를 샐러드와 아메리카노만 먹으며 그래도 식이는 성공했다고 서로 위로 아닌 위로를 했죠.

저도 그때는 분위기를 타서 하루에 스타벅스 벤티 사이즈 두유 라떼에 샐러드만 먹고 버텼었는데 이건 정말 못할 짓이었어요. 출퇴근 지옥철도 힘들어 죽겠는데 건강까지 망가져 버린 거예요. 잘 먹지 않으니 기운이 없어서 팔을 꼬집어 가며 정신력으로 버텨야 했어요. 그 덕분에 얻은 거라곤 피곤하면 올라오는 원인 모를 두드러기뿐이었죠. 제 스스로 '살이 빠지잖아. 날씬하면 괜찮아'라는 생각에 극단적으로 몸과 마음을 다 망치고 있었어요.

요즘 저는 다이어트에 성공하고 나서 적당히 먹고 싶은 것들을 먹으며 몸무게를 유지하고 있어요. 오히려 평소보다 잘 먹지만 잘 유지하고 있죠. 건강도 더 잘 챙기기 시작했어요. 안 먹을 땐 예민해져서 사소한 거 하나에도 짜증이 나고 감정 컨트롤이 안돼서 힘들었는데 이제는 정말 잘 먹고 행복해 보인다는 말을 많이 듣게 되었어요.

다이어트를 성공하고도 전혀 행복하지 않다던 친구가 있었어요. 친구가 극단적인 다이어트를 시작하게 된 계기는 회사에서 살이 왜 이렇게 쪘냐며 한 소리를 듣고 난 뒤였는데, 주변의 지치지 않는 무한한 관심 덕분에 결국 하루에 김밥 한 줄, 다음날은 샐러드 하나를 먹으면서 피눈물 나는 다이어트에 성공을 했어요. 하지만 무엇을 위해서 그렇게 했는지 후회가 된다고 했죠. 그 친구는 탈모까지 생겨서 한동안 정말 고생을 많이 했어요. 그리고 이제는 왜 이렇게 살을 많이 뺐냐며 여전히 지치지 않는 관심을 보이는 사람들에게 친구는 속으로 한마디씩 던져준다고 해요.

'내 일에 신경 *끄고* 너나 잘하세요.'

다이어트를 하는 건 좋지만 극단적인 다이어트는 우리의 몸과 마음을 다 망치게 돼요. 생각해 보면 다 사회가 만들어 놓은 세상에 맞추기 위한 노력인 것 같아요. 저도 아직 그 세상에서 완벽하게 벗어나지 못했어요. 세상은 우리에게 마름을 강요하고, 그 강요 속에서 저희는 끊임없이 채찍질을 하게 돼요. 그렇지만 세상에서 더 중요한 건 우리의 건강이에요. 건강해야 우리가 좋아하는 여행도 가고, 맛집도 가고, 배우고 싶었던 것들도 배울 수 있잖아요.

우리 자신보다 소중한 건 없어요. 우리의 세상은 나 자신이 중심이 되어서 그것으로 인해 돌아가게 되어있어요. 세상이 정해놓은 틀이 아닌 우리의 세상을 좀 더 단단하게 만들어 가보는 건 어떨까요?

'정말 지치지 않는 관심에 몸 둘 바를 모르겠지만, 제 인생의 주연은 저예요.'

9

남을 지적하길
좋아하는 사람들에게

행복해지고 싶다면 나 자신부터 사랑하는 법을 배워야 한다는 말을 한 번쯤 들어보신 적 있으실 거예요. 그건 정말 맞는 말이에요. 저는 스스로를 사랑할 줄 모르고 항상 부정적인 말들로 상처를 내던 사람이었는데, 마음속 수많은 상처들은 시간이 지나서 딱지가 되었고 그 딱지 위에 또 다른 상처들을 내면서 결국엔 곪아버렸죠.

그러다 제 자신한테 지친 저는 뭐든 해보기로 하며 우선 스스로를 사랑하는 법부터 배워보기로 했어요. 처음에는 어떻게 하는 건지 도통 감이 오질 않아서 비슷한 주제의 책들도 읽어보고, 좋아하던 것들을 취미로 해보기도 했죠. 기분은 좋았지만 근본적인 문제는 해결되지 않았고 그래서 선택한 방법이 제 자신에게 괜찮다고 사랑한다고 다독여주는 것이었어요.

처음에는 내가 뭐하고 있는 건가 하는 생각도 들었는데, 시간이 지나니까 효과가 있었어요. 저도 모르게 상처를 받을만한 상황에서도 스스로를 토닥여주고 안아줄 수 있는 힘이 생겼어요. 비록 시간은 좀 걸렸지만 이젠 나 자신에게 마음의 상처를 내지 않게 되었고, 상대방이 상처를 주는 상황에서도 웃어넘길 수 있게 되었어요.

다른 사람이 나를 마음대로 평가하는 것에 대해서 너무 상처받을 필요 없어요. 그 사람은 나에 대해서 잘 모르잖아요. 우리도 스스로에 대해 알아가려고 공부를 하는 세상인데 제 3자가 우리를 더 잘 알 수는 없어요.

제가 예전에 다니던 직장에서 다른 사람 일에 관심이 엄청 많으셨던 분이 계셨어요. 다른 사람들이 무슨 옷을 입는지, 머리 스타일을 어떻게 바꿨는지, 어떤 핸드폰을 쓰는지,

밥은 얼마나 먹는지 그런 사소한 거 하나하나 관심을 가지고 지적을 안 하는 게 없을 정도였죠. 그러다 보니 처음에는 저도 모르게 그분을 피해 다니게 되고, 피하지 못한 상황이라면 동료들과 그 일을 안주 삼아 술을 한 잔 마시기도 했어요. 쌓여가는 초록색 병만큼 스트레스도 심해졌고 그분이 말을 걸 것 같으면 신경이 곤두서 있을 정도였어요.

그러다 어느 날 여느 때와 마찬가지로 친한 동료와 안주 삼아 한잔하고 있는데 친구가 그 사람은 항상 겉모습으로 사람을 평가하기 바쁘다며 열을 잔뜩 내고 잔을 비웠어요. 근데 문득 생각해 보니 정말 그랬어요. 저는 그분과 친하지도 않았고, 오히려 얘기도 거의 해본 적 없는 잘 모르는 분이었거든요. 제가 들었던 모든 지적들도 다 겉모습에 관한 거라고 생각하니 그때부터 그분을 대하는 시선이 조금씩 달라지기 시작했어요. 언제 또 무슨 지적을 하려고 말을 걸려나 신경이 곤두서 있는 대신에, 그래 떠들어라 나는 할 일 한다는 마음으로 일에만 집중했고, 그 시간들이 더 지나고 나니 그분이 하는 말들에 어떠한 타격도 입지 않게 되었어요.

'저에 대해 논문이라도 쓰시려고 그러세요?'

10

사람은 명품 가방으로
판단할 수 없어요

쇼핑을 잘 하지 않는 제가 한동안 미친 듯이 돈을 펑펑 쓴 적이 있었어요. 그때가 바로 극단적인 다이어트를 하던 때 였죠. 회사 직원들 사이에서 필라테스와 다이어트 말고도 유행한 것이 한 가지 더 있었는데, 그건 바로 다양한 명품 브랜드의 물건들이었어요. 저는 그전까지만 해도 명품 브랜 드에 관심이 하나도 없었기 때문에 처음 입사하고 나서 선 배들의 이야기를 듣고 '이건 다 무슨 소리지?'싶었어요.

그때 당시에 제가 알고 있던 명품 브랜드라고는 고작 구 0, 루이00, 샤0 정도였는데 동료들이나 선배들은 제가 모르고 있던 여러 가지 브랜드 명품들에 대해 줄줄이 나열하면 서 또 그 브랜드들의 물건을 하나씩 가지고 있었어요. 만나면 온갖 명품 이야기를 하다 보니 저도 자연스럽게 관심을 가지게 되었고, 나도 가방을 하나 사볼까? 하는 마음과 함께 생에 첫 명품을 사게 되었죠.

처음에는 '내 인생의 첫 명품 가방!'이라는 생각에 설레서 왕을 모시듯이 가방을 대했어요. 가방을 들고 출근했을 땐 선배들도 드디어 저도 명품을 샀다고 다들 한마디씩 해주었던 게 그때는 어린 마음에 왜 그렇게 칭찬처럼 들리고 좋았는지 모르겠어요. '아이고 가방님.' 하면서 가방을 애지중지 하는데, 사람의 욕심이라는 건 끝도 없다고, 한번 그렇게 가방을 바꾸고 나니 이제 그 속에 들어있는 지갑이 초라해 보이기 시작하더라고요. 그래서 또 한 번 '그래 이 가방에 어울리는 지갑을 사자!'라고 생각하고 여름휴가 때 면세점에서 큰맘 먹고 같은 브랜드에서 지갑까지 질러버렸어요. 저는 그렇게 술에 취하듯 명품에 취해가는 것 같았어요. 주변에서 '이 가방 어때?' '이번에 어느 브랜드에서 새로운 가방이 나온대!'라는 말을 들으면 저도 동요하기 시작했고 그러다 보니 신용카드 결제 일만 기다리는 사람이 되어버렸죠.

'박푸들님 0월 0일 00카드 결제 일입니다.'

이 문자를 몇 개월 받고 나니 이런 생활에 대한 현타가 오기 시작했어요. 나보다 애지중지 모시고 있는 가방들과 악세사리를 보고 있자니 '나 자신도 이렇게 애지중지해 본 적 없는데 이게 뭐라고 비 오는 날이면 비 맞을까 봐 노심초사하고 긁힐까 봐 마음 졸이고 다니는 거지?'라는 생각이 들었어요. 그러다 보니 더 이상 주변에서 들리는 명품 이야기도 흥미롭지 않았고, 머리부터 발끝까지 명품을 보고 사람을 판단하는 주변의 이야기에 조금 혐오감도 생겼죠.

제 손으로 샀던 명품들이었지만 결국 저에게 남은 건, 저를 기다리고 있는 신용카드 결제일과 허무함뿐이었어요. 가끔 그 회사에 다닐 때 친했던 동료를 만나서 이야기할 때면 저희는 항상 우리가 그때 뭐에 단단히 홀린 게 분명하다고 해요. 저희가 어려서 겪었던 그때의 경험으로 배운 것이 하나 있다면, 사람은 절대 그 사람이 들고 다니는 명품으로 판단할 수 없어요.

지금은 물론 그 가방들이 방구석에 아무렇게나 널려져 있

고, 찢기고 화장품이 묻어서 지저분해지기도 했지만 그래도
괜찮아요. 저것들은 산 나 자신이 더 중요하다는 걸 깨달았
으니까요.

'내가 명품이지~'

11

웃어요, 웃어봐요

여러분은 하루에 얼마나 웃으시나요? '웃을 일이 없어요'라는 분들도 계시겠지만 잘 생각해 보면 우리의 기억 속에는 정말 즐거웠던 순간들이 자리 잡고 있을 거예요. 저는 여행을 다니면서 있었던 일들을 떠올리면서 가끔 혼자 웃음이 터지곤 하는데, 제가 힘들었던 일들은 금방 잊어버리기 때문일 수도 있지만, 특히나 여행을 할 때는 행복한 기억들을 하나씩 쌓으면서 온전히 좋은 기억으로만 남겨두는 버릇 때문인 것 같아요.

한 번은 제가 여행지에 도착했을 때 빗방울이 약하게 떨어지고 있었어요. 그 나라는 우기였기 때문에 예상은 하고 있던 터라 그래도 많이 오진 않아서 다행이라고 생각했죠. 호텔에 도착해서 언니와 짐을 내려놓고 점심 겸 저녁을 먹으러 나가려던 참에 비가 그쳐서 우산을 챙기지 않고 나갔는데, 호텔을 나서서 열 걸음 정도 갔을 때 또다시 빗방울이 떨어지기 시작했어요.

언니와 저는 우산을 가지러 호텔에 다시 들어가려고 발걸음을 옮겼는데 밖에 계시던 직원분들께서 다시 올라갈 필요 없다며 우산 두 개를 꺼내서 저희에게 손짓하고 계셨어요. 그분들과 저희는 서로 엄지를 치켜세우고 정신없이 웃기 바빴죠. 그 덕분에 번거롭지 않게 우산을 챙겨서 고픈 배를 이끌고 바로 다시 밥을 먹으러 갈 수 있었어요.

여러분은 여행을 다니면서 가장 기억에 남는 장면이 무엇인가요? 저는 사람들의 웃는 모습인 것 같아요. 그냥 그 순간 자체가 기분이 좋아서 그런 건지는 몰라도 화려한 건축물, 유명한 관광지보다는 서로 마주 보며 즐겁게 웃는 모습이 오랫동안 기억에 자리 잡고 있어요. 가끔 일상에 지쳐서 문득 그 순간을 떠올리면 그때 그렇게 웃었던 것처럼 막 웃음이 나오기도 하고 그러다 보면 금방 기분이 좋아져서 해야 할 일들을 다시 시작하곤 해요.

'웃으면 복이 온대요.'

12

낯선 곳에서의 친절이란

제가 해외에 가서 처음 혼자 버스를 탄 적이 있었어요. 그때는 언어도 잘하지 못해서 핸드폰으로 열심히 검색을 하고 길을 나섰는데, 저는 그때나 지금이나 엄청난 길치라 버스에서도 우왕좌왕하고 있었죠. 그때 한 외국인 친구가 다가와서 혹시 어디까지 가느냐고 물어봐 주었어요. 저는 핸드폰으로 제가 가야 하는 곳을 보여주었고 그 친구는 저와 같이 내려서 구글 지도를 보며 제가 찾는 장소까지 데려다주었어요.

그때는 모든 게 낯설고 무서운 마음에 그 친구와 많은 대화도 하지 못했었어요. 그렇게 고맙다는 인사를 하고 나서 저는 그 친구 덕분에 무사히 비자 연장 신청을 할 수 있게 되었고 그곳에서 생활하면서 그날의 생각이 떠오를 때면, 그때 좀 더 고맙다고 표현하지 못한 후회가 들기도 했어요.

그 친구의 친절했던 행동은 제가 힘들 때 기운을 낼 수 있도록 해주는 좋은 기억으로 남아있었어요. 생활하다 보니 더 이상 그곳이 낯설고 무섭지 않았고 친구들도 많이 사귀게 되었죠. 그러다 항상 가봐야지 하고 미뤄뒀던 식당에 점심을 먹으러 갔다가 그곳에서 정말 우연히도 그 친구를 다시 만나게 되었어요.

반갑게 인사한 저희는 서로의 안부를 묻고 그날의 이야기를 하며 점심을 함께 먹었어요. 다행히도 그동안 제 외국어 실력이 조금 늘어있어서 처음 만났을 때보다는 더 제대로 된 이야기를 할 수 있었죠. 그 친구도 '그 한국인 친구는 잘 적응하고 지낼까?' 하는 생각이 가끔 떠오르면서 저의 안부가 궁금했다고 해요.

여러분들도 길에서 헤매고 있을 때 누군가의 도움을 받아보신 적이 있나요? 무거운 캐리어를 들고 지하철 계단을 올라가야 하는데, 누군가가 대신 들어줬다거나, 또 길을 잃고 헤매는 모습을 보고 다가와 도움을 줬다거나, 내가 위험한 상황에서 도움을 받았다거나 하는 일들이요.

그런 기억들은 여행을 더욱더 즐겁게 해주는 것 같아요. 낯선 곳에서 누군가의 생각지도 못한 친절은 한 줄기 빛 같은 존재니까요. 아무리 여행이 힘들어도 그런 좋은 기억이 하나쯤 있다면, '그래도 거기 좋았지. 다시 가고 싶다.'라고 떠올리게 되고 또다시 그곳을 찾게 되었을 때 느낄 수 있는 설렘도 기다리고 있으니까요.

'길치라도 하나도 안 무섭다!'

13

여행의 즐거움 +1

　해외를 다니다 보면 공항에서도 생각지도 못했던 일들이 벌어지곤 하죠. 저는 수많은 여행을 다니던 중 딱 한 번 비행기 연착을 경험한 적이 있었어요. 하필 그때 제가 경유하는 곳에 첫눈이 내린다는 소식이 있었거든요. 첫눈은 항상 마음을 설레게 하지만 막상 비행기 시간이 계속 미뤄지다 보니 두근거리는 첫눈이 아니라 하늘에서 내리는 하얀 쓰레기 정도로 생각하기 시작했어요.

　처음 한 시간 연착이 됐을 때 '그래 눈이 온다는데 어쩔 수 없지'라며 공항 안에 있는 카페에서 시간을 보내고 있었는데 한 시간이 두 시간이 되고 두 시간이 세 시간 그리고 결국 네 시간을 넘겼을 땐 내리는 눈을 어떻게 할 수도 없으니 차가운 커피만 원샷을 했어요. '해는 지고 있는데 나는 언제 출발해서 언제 도착하는 걸까….'하는 계산들이 머릿속에 둥둥 떠다녔죠.

그렇게 속절없이 시간은 흐르고 있는데 옆에서 같이 기다리고 계시던 분이 '또 연착이네요.'라며 말을 걸어주셨어요. 그 언니는 저보다 5살이 많은 분이었는데, 우리는 서로 같은 상황에 처해있었죠. 그러면서 이런저런 이야기를 나누게 되었어요. 그분은 여행을 너무 다니고 싶었지만 회사에 얽매여서 제한이 많았다고 해요. 그래서 결국 이번 여행을 계기로 마음껏 세상으로 나가보기 위해 회사에 사직서까지 제출하고 왔는데, 이렇게 발목이 묶여있을 줄 꿈에도 몰랐다고 했죠. 마음먹고 하는 첫 여행에 신고식을 제대로 치른다며, 우리는 서로의 상황을 주고받으며 그곳의 첫눈이 얼른 그치기를 바랐어요.

결국 다섯 시간이 넘게 연착되었던 비행기가 이륙을 하게 되었고, 당연히 경유지의 마지막 비행기는 이미 저를 두고 떠나버렸죠. 어쩔 수 없이 항공사에서 마련해 준 호텔에서 하룻밤을 묵게 되는 바람에 호텔로 향하는 버스 안에서 창밖을 내다보니 하얗게 쌓여있는 눈들이 보였어요. 평소라면 예쁘다며 감성에 젖어있었겠지만, 그때는 비행기를 '비행기를 연착시킨 범인들이 너희구나!'라고 한마디씩 해주고 싶었죠.

그리고 늦은 시간에 호텔에 도착한 저는 잠을 못 자고 뒤척이다가 오늘 있었던 일들을 생각하며 밖을 내다보면서 또 한 번 쌓인 눈들을 가만히 보고 있었어요. 한참 멍을 때리며 가만히 있다 보니 지금 여기서 이러고 있는 게 조금 재미있기도 했어요. 그래서 저의 발목을 묶은 눈들을 긍정적으로 생각하게 되었죠.

나중에 결국 눈 덕분에 머물렀던 그곳으로 여행을 가게 되면서 그때의 추억을 다시 한번 떠올릴 수 있었어요. 그날의 경험으로 생각에도, 계획에도 없었던 곳에 여행으로 다시 가게 된 거예요. 세상일은 정말 알 수 없어요. 어쩌면 그래서 더 재미있을지도 모르죠.

'생각지도 못한 경험 덕분에 여행의 즐거움 +1.'

14

누구에게나 설레는
첫 여행

공항에서의 일을 생각하니 또 다른 일이 기억이 나네요. 언니와 여행을 가기 위해 공항에 갔었을 때였어요, 비행기 시간에 맞춰서 게이트 앞에 도착한 저희는 탑승을 하려고 기다리고 있었는데, 뒤에서 어떤 여자분이 저희에게 아주 조심스럽게 '비행기는 그냥 타면 되는 건가요?'라며 말을 걸어주셨어요.

소리가 난 쪽으로 고개를 돌려보니 갓 스무 살이 된 것 같은 앳된 분이 웃으면서 저희의 대답을 기다리고 계셨어요. 그분은 처음 비행기를 타보는데 고등학교를 졸업하고 첫 해외여행을 혼자 가게 되었다며 아주 설레하셨죠. 저희는 그분의 질문에 답을 한 뒤에 그분의 첫 여행이 즐겁고 좋은 시간이 되길 응원해 주었어요.

　모든 순간은 항상 처음이 존재하고 그 처음은 설레기도 또 두렵기도 하죠. 그분의 모습을 보면서 옛날 생각이 많이 났어요. 첫 비행기, 첫 해외여행, 첫 면세점 그리고 여행지에서 있었던 일들 등등. 어떤 순간들이 기다릴지 모르는 세상 속으로 들어가는 설렘과 두려움. 그것이야말로 제가 가장 좋아하는 세상이자, 가장 두근거리는 순간인 것 같아요.

　여러분도 여행을 좋아하신다면 고민 없이 떠나보시는 건 어떨까요? 막연한 두려움은 설렘과 재미로 바꾸고, 또 다른 여행을 꿈꾸며 그 세상 속으로 향하는 나의 모습이 기다리고 있을 테니까요.

　'Ladies and Gentlemen, Welcome on board Flight 00 with service from 00 to 00.'

15

즐거운 여행이 되셨으면
좋겠습니다

여행을 가면서 또 다른 재미 하나는 바로 비행기를 타는 일인 것 같아요. 여행지에 데려다주는 설렘 때문일까요? 물론 여행을 떠나는 날이 다가올수록 두근거리지만 비행기를 타는 건 그때보다 더 설레는 순간이 아닐까 싶어요. 거기다 떠나는 비행기 안에서 기분 좋은 경험이 있다면 그 여행의 기억은 첫 시작부터 끝까지 좋게 남을 수 있죠.

한 번은 베트남을 갈 때였어요. 저녁 비행기였는데 운 좋게도 탑승객이 생각보다 많지 않아서 승무원분들께서도 더 신경을 써주셨어요. 그리고 착륙을 하기 전 한 승무원분께서 마지막 점검을 하시며 다가오셔서 베트남 여행은 처음이냐고 물어봐 주셨는데 그때 당시 베트남은 처음이었어요. 원래는 방콕 여행을 가기 위해 준비를 다 해놨다가 갑자기 계획이 틀어지는 바람에 다낭으로 급하게 떠났던 여행이었거든요.

승무원분께서는 친절하게 웃어주시며 자기가 가장 좋아하는 여행지가 다낭이라고 하셨어요. 그리고 맛이 있는 음식이 아주 많으니 꼭 즐거운 여행이 됐으면 좋겠다고 해주셨죠.

사실 저는 여행 계획을 꼼꼼하게 세워서 다니는 편은 아니에요. 그래도 장소가 정해지면 그 나라의 여행책을 보면서 '어디엔 뭐가 있고, 여기엔 가봐야겠다.'라는 건 미리 생각하고 가는 편인데, 베트남은 그러질 못했어요. 정말 급하게 변경된 일정이어서 책을 들여다볼 시간도 없었고, 인터넷에서 대충 괜찮은 곳을 본 게 다였죠. 그래서 어쩌면 마음 한편에서는 설렘보다는 걱정이 앞섰던 것도 있었어요. '도착하면 베트남 공항에서 이렇게 하면 되겠다.'라는 것도 전부 인천 공항에서 출발 시간을 기다리면서 대충 계획을 세웠던 터라 더 그랬었어요.

그런데 직원분께서 베트남을 좋은 곳이라고 소개해 주시며, 제 여행이 즐겁길 바란다고 해주신 덕분에, 비행기에서 내리는 그 순간부터는 무서움이 덜했어요. 아마 그분은 여행을 떠나기 직전에 간신히 샀던 여행책을 비행기에서 급하게 들여다보던 저를 발견하시고 그러셨는지도 몰라요. 정말 정신없이 책을 뒤적거리고 있었으니까요.

생각지도 못한 친절한 말 한마디 때문이었을까요? 왜인지는 모르겠지만 저는 그때가 베트남 여행에서 가장 기억에 남는 부분으로 남아있어요. 하루빨리 코로나 세상이 끝나서 다시 자유롭게 여행을 다닐 수 있게 된다면 비행기에서 그분을 다시 뵐 수 있었으면 좋겠네요.

'올해는 꼭 갈 수 있기를!'

16

누군가의 친절과
호의를 바란다면

비행기에서의 친절은 베트남에서 뿐만이 아니었어요. 지나간 여행에 대해서 생각하다 보니 저는 정말 여행하면서 운이 좋았다고 다시 한번 느낄 수 있었던 것 같아요. 이번엔 싱가포르에 갈 때였어요. 그때 당시에 언니와 저는 싱가포르의 국적기를 이용했었는데, 비행기에 탑승해서 자잘한 짐들을 전부 짐칸에 올려놓은 뒤 싱가포르 하면 빠질 수 없는 슬링을 마시며 여행지에 도착하길 기다리고 있었어요.

비행기가 착륙하고 짐을 내리려는데 작은 가방 하나가 짐칸 안쪽으로 들어가는 바람에 언니와 제가 아무리 꺼내 보려고 해도 손이 닿질 않았어요. 그때 저희가 난감해 하고 있는 모습을 발견한 승무원분이 와주셨고, 저희는 상황을 설명드렸어요. 그분은 괜찮다고 웃어주시면서 가방을 꺼내주려고 하셨지만 그분의 손도 닿지 않았고 결국 다른 승무원분까지 오셔서 시도를 했지만 다 실패하고 말았어요. 처음에 와주셨던 승무원분께서 할 수 있다며 의자를 밟고 올라가셔서 결국 짐을 꺼내주셨을 때, 모여있던 저희는 드디어 꺼냈다며 다 같이 손뼉을 치며 좋아했어요. 그리고 너무 감사하다고 말씀을 드렸죠. 그때는 감사하기도 했지만 죄송한 마음도 들었어요. '가방이 속으로 들어가지만 않았어도 네 사람이 다 같이 이럴 일은 없었을 텐데….' 하고 말이죠.

그때 당시 난처했던 상황과 승무원분들의 행동 그리고 다 같이 손뼉을 치면서 웃었던 그 순간의 기억들은 아직도 생생하게 남아있어요. 여전히 한쪽 구석엔 죄송한 마음이 남아있지만, 그래도 이제는 웃음이 좀 더 나는 걸 보니 점점 더 재미있는 추억이 돼가는 것 같아요.

우리는 종종 어려운 상황들을 마주할 때가 있지만 생각지도 못한 호의와 친절을 받게 되기도 하죠. '그렇게 도움을 받는 게 당연한 거 아니야?'라고 생각하실 수도 있지만 친절과 호의는 절대로 당연한 게 아니에요. 내가 상대방에게 못되게 굴면서 바란다면 더더욱 아니죠. 저는 웬만하면 밖에 나가서 마주치는 분들에게 제가 먼저 친절하게 대하려고 노력을 많이 하는 편이에요. 특히나 서비스직에 계신 분들에게는 더 그렇죠. 주변에 감정노동을 하는 친구들이 많아서 그런지 어디를 가더라도 더 조심하게 되고 더 신경을 쓰고 있어요.

'손님은 왕이다! 그러니까 내가 왕이다!'라고 생각하시는 분들도 종종 계시지만 왕도 왕 나름 아니겠어요? 친절한 왕은 나라 어디를 가더라도 대접을 받겠지만, 그렇지 않은 왕은 대접은커녕 작은 호의도 못 받고 영원히 진상으로 낙인이 찍히게 되어있어요. '여러분의 앞에 있는 직원은 누군가의 소중한 가족입니다.'라는 문구를 한 번쯤 들어보시거나, 보신 적 있으실 거예요.

맞아요. 우리가 마주하는 모든 사람은 누군가에겐 소중한 가족이고 친구예요. 그러니 여러분, 우리 상대방에게 무조건적인 친절을 바라는 대신 먼저 호의를 베풀어보는 건 어떨까요?

'내가 님 백성도 아닌데 왜 왕 노릇을 하시는 건지?'

17

좋은 습관과 나쁜 습관

여러분은 평소에 어떤 습관들을 가지고 계시나요? 저는 자주 깜빡하기 때문에 사소한 것들을 다이어리에 다 정리해 놓는 습관이 있어요. 약속이나 해야 할 일들 그리고 적어놓고 싶은 글들을 전부 다이어리나 탭 메모장에 적어두죠. 안 그러면 돌아서는 순간 잊어버리기 때문에 저는 회사에 다닐 때도 출근을 해서 먼저 하루에 할 일들을 정리 해놓고 일을 시작했고, 책을 쓰면서도 일단 떠오르면 무조건 적어놓고 나중에 뒤죽박죽인 글들을 정리해서 옮겼어요.

이렇게 우리는 자기만의 습관을 하나씩 가지고 있어요. 그 습관들은 내 스스로 느끼기에 좋을 수도 혹은 나쁠 수도 있죠. 나쁜 습관이란 뭘까요? 해가 중천에 떠있을 정도로 늦잠을 자고 뒹굴뒹굴하며 매일 인스턴트 음식을 입에 달고 사는 그런 걸까요? 그렇다면 좋은 습관은 뭘까요? 아침 일찍 일어나서 부지런히 운동도 하고 자기개발도 열심히 하는 그런 걸까요?

그럼 좋은 습관과 나쁜 습관의 기준은 누가 만든 걸까요? 무엇이든 적어놓는 저의 습관을 보고 어떤 사람들은 꼼꼼하다고 하지만 또 어떤 사람들은 '왜 그런 것 하나도 기억을 못 해?'라며 이해하지 못할 때도 있어요.

상대방의 행동이 이해가 안 간다는 이유로 그 사람에 대한 습관을 비난하고 변화시키고 싶어 하기도 하죠. 그렇지만 결국 그 습관을 가지고 있는 건 나 자신이 아닌걸요. 우리의 습관들은 오래전부터 몸에 배어있는 행동이기 때문에 하루 아침에 뚝딱 고치기 쉽지 않아요.

다른 사람의 습관에 내가 스트레스를 받을 필요 있을까요? 그냥 '저 사람은 저런 습관이 있구나, 몰랐네' 하고 넘어가 보는 건 어떨까요? 남의 습관을 의식하고 그것만 신경 쓰고 있기엔 우리에게 주어진 24시간은 너무 짧으니까요.

'제 습관이 눈에 거슬리신다면 고개를 돌려주세요.'

18

생산성 있는 취미란 뭘까요?

여러분은 어떤 일을 할 때 가장 행복하신가요? 또 그 일에 대해 다른 사람에게 부정을 당해보신 적은 있으신가요? 제가 가장 행복한 순간은 여행을 할 때였지만 코로나가 터지면서 미뤄왔던 독서를 다시 시작하고 책을 읽는 게 하루 중 가장 마음 편한 시간이 되었어요. 그런 저에게 누군가는 그렇게 생산성 없는 일만 하지 말고 다른 걸 하라고 한마디 하기도 하지만, 어쩌겠어요. 저는 그 순간이 가장 행복한걸요.

그 누구도 나만의 행복을 방해할 자격은 없어요. 왜 내가 행복하려고 하는 일에 제3자가 나서서 그런 건 쓸모 있다,

없다를 판단하는 걸까요? 제 주변에는 그림 그리는 걸 좋아하는 친구가 있는데, 그 친구는 그걸 이용해서 수익을 얻는다거나 하지 않고 그저 정말 취미로 즐기면서 그림을 그렸어요. 하지만 주변에서는 그걸로 밥벌이하는 것도 아니면서 왜 그렇게 열심히 하냐고 오히려 나무랐다고 해요. 그 말을 듣고 너무 상처를 받은 친구는 다시 그림을 그리기까지 조금 많은 시간이 걸렸어요. 그림을 그리고 싶지 않은 게 아니라 그릴 수 없었던 거였죠. 자꾸만 상처를 받았던 말들이 머릿속에 둥둥 떠다니면서 자신을 괴롭혀서 여태까지 그렸던 것들도 전부 구석으로 치워놨을 정도로 한동안 손도 대지 못했다면서 그 시간이 가장 힘든 시간이었다고 해요.

가끔 세상은 우리에게 너무 넘치는 관심을 보이곤 해요. 그런 관심들이 상대방을 응원하고 격려하는 행동이면 정말 좋겠지만, 오히려 상처를 주는 경우가 대부분이죠. 남이 보기에 좋으라고 하는 일이 아니라, 내가 좋아서 하는 건데도 '쓸데없는 일에 시간 낭비하지 말고 할 일이나 열심히 해.'라는 과한 관심들이 우리에게 상처를 주기도 해요. 우리가 좋아서 하는 일들에 수많은 비난의 화살들이 날아 들어오면 결국 속절없이 무너지기도 하죠.

예전의 제가 책 읽는 건 생산성이 없다는 말을 들었다면 아마 저도 그랬을 거예요. 한동안은 책에 손도 대기 싫어졌을 거고, 또 생산성 있는 일이 대체 뭔지 생각하느라 어마어마한 스트레스를 받았겠죠. 그렇다면 생산성 있는 취미란 무엇일까요? 왜 책을 읽고 그림을 그리는 건 그렇지 않은 취미라고 생각하는 걸까요? 전 아직도 가끔 세상의 기준들이 조금 어려워요.

'어이쿠 제 책장에 지분이라도 있으신가 봐요!'

19

우울해지는 날이면

여러분들은 우울한 기분이 들 때 어떻게 하시나요? 저는 그런 감정에 쉽게 휘둘리는 편이었어요. 그래서 울기도 많이 울고 힘든 시간을 보내다가도 가끔 한 번씩 기분이 좋아졌을 땐 또다시 부정적인 생각을 하고 싶지 않아서 발버둥을 쳤어요. 괜찮아지고 싶다면서 스스로 느끼는 감정을 제대로 받아들이지 않고 무시하고 외면하다가 결국 또다시 우울이라는 감정에 머리끝까지 잠겨버렸죠.

그래도 다행이라고 해야 할까요. 그렇게 우울하고 부정적인 감정에서 허우적거리다가 스스로가 너무 지쳐서 빠져나올 결심을 하게 되었어요. 순간 '이러고 있기 싫다!'라는 생각이 제 뒤통수를 세게 치고 지나가는 것만 같았거든요. 그리고 그때 당시 힘을 내라며 추운 날씨임에도 불구하고 제가 좋아하는 커피를 직접 사다 주신 아빠를 보며 많은 힘을 얻었어요. 그러면서 하고 싶은 게 뭔지 찾아볼 결심을 하게 되었죠. 그러다가도 문득 또다시 우울한 감정이 찾아와 부정적인 마음으로 바뀔 것 같을 땐 그것들을 두더지 게임 하듯이 막 때리는 상상을 했어요. 그렇게 수백 번을 잡고 나니까 어느새 괜찮아지고 있는 것 같았어요. 그리고 끝이 안 보이도록 쌓여있는 부정적인 생각들을 하나하나 지워 가다 보니 속이 좀 후련해지기도 했죠.

그러다 또다시 찾아온 우울과 부정을 피하는 것도 한계가 있다는 생각이 들면서 그 감정들과 마주 보기로 마음을 먹었어요. 이제는 그만 피해야 할 때라고 생각했거든요. 여전히 지워지지 않고 마음속을 둥둥 떠다니는 부정적인 감정들과 마주 보고서는 인터뷰하듯 끊임없이 질문을 던졌어요. '뭐가 그렇게 힘들어?' '얼마나 힘든데?' '내가 어떻게 했으면 좋겠어?'라고 말이에요.

한참을 그렇게 스스로 질문을 던지고 답을 찾고 나서야 오래 자리 잡고 있던 나쁜 감정들이 짐을 챙겨 나가는 기분이 들었어요. 마치 '네가 제대로 마주 봐주고 알아줬으니까 이제 됐어!　우린 간다!' 하듯이 말이에요. 그 과정은 쉽지 않았지만, 저는 제 자신을 제대로 볼 수 있는 계기가 되었고, 그 계기는 이제 그런 감정이 가끔 깜짝 방문을 하더라도 이해하고 금방 흘려보낼 수 있게 되었어요.

　'조용히 흘러가라~'

20

지친 나를 위해서

여러분은 마음의 평화를 얻기 위해 무엇을 하시나요? 코로나바이러스 때문에 일상이 멈추면서 주변에서는 우울감을 호소하는 친구들이 많아졌어요. 운동을 좋아하던 친구, 맛집 다니기를 좋아하던 친구, 카페에서 시간 보내기를 좋아하는 친구, 여행을 좋아하는 친구. 이런 각자의 다양한 성향을 가지고 있는 친구들이 길어지는 코로나 생활로 자신을 잃어가는 것 같은 기분이라며 축 처져있었어요.

저 또한 그랬어요. 계획했던 것들이 기약도 없이 줄줄이 미뤄지면서 어쩔 땐 짜증도 나고 화도 났어요. 그러면서 시작하게 된 것이 명상인데, 처음 명상을 접했던 건 운동을 좋아하는 친구 덕분이었어요. 그 친구는 명상을 하면서 머릿속을 비우다 보면 조금씩 마음이 편안해지고 스트레스도 가라앉는다며 저한테도 적극적으로 추천해 주었어요.

조금은 반신반의한 마음으로 명상을 시작했을 때는 다리도 저리고 몸 이곳저곳도 불편한 것 같은 느낌에 '이러는데 명상이 된다고?'라는 불신이 있었는데, 하루 이틀 꾸준히 하면서 적응하다 보니 이제 하루라도 명상을 안 하는 날이면 괜히 몸이 더 무거운 것 같은 기분이 들기도 해요.

저는 멘탈도 약하고 굉장히 예민하고 짜증도 많은 사람이었어요. 정말 사소한 거 하나에 짜증이 나서 스스로가 힘들 정도였죠. 그걸 명상을 시작하면서 많이 고치게 되었어요. 머리와 마음을 비우고 나니 자연스럽게 짜증이 줄었고, 예민함도 많이 없어졌어요.

꼭 명상이 아니더라도 일상에 지친 우리 자신을 위해 마음의 평화를 얻을 수 있는 무언가를 하나씩 찾아보는 건 어떨까요? 끝이 보이지 않은 것 같은 코로나바이러스도 언젠가 끝날 거예요. 그때까지 우리의 마음을 잘 보살펴주고 미뤄 났던 계획들을 실행하기 위해 준비해보도록 해요.

'변이 그만. 코로나 그만.'

21

하루가 Ctrl+C,
Ctrl+V 같다면

여러분은 혹시 매일 똑같은 하루를 보낸다는 생각으로 '나'를 방치하고 있진 않으신가요? 어찌 보면 내가 보내는 일상들이 항상 단조롭고 변함없이 흘러간다고 생각하실 수도 있지만, 사실 우리의 하루는 매일 다르게 흘러가고 있어요.

매일 하는 출근, 매일 하는 공부, 매일 하는 집안일이지만 어제의 하루와 오늘의 하루는 똑같지 않아요. 같은 직원이 내려주는 커피라도 어제의 직원이 내려준 커피와 오늘의 직원이 내려준 커피는 같지 않고, 어제 마신 커피와 오늘 마시는 커피는 다르답니다.

우리는 매일 다른 경험들과 마주하며 살아가고 있어요. 단지 일상에 치여서 그걸 깨닫지 못하고 있을 뿐이죠. 우리가 존재하는 이 세상에서 우리의 시간은 매 순간 특별하게 흘러가고 있어요. 제 주변에 자신의 가게를 운영하고 있는 친구가 있는데 그 친구는 항상 '세상엔 정말 다양한 사람들 많아. 그리고 진짜 신기해'라며 자신이 겪을 일들을 이야기해 주곤 해요.

  저도 세상이 신기하다는 친구의 말에 동의해요. 우리가 일상에서 스쳐 지나가는 낯선 사람들 중에서 누구와 인연이 닿아 어떻게 친구가 될지는 아무도 모르는 일이잖아요. 세상은 넓은 듯 좁고 그 속에서 우리는 또 어떤 새로운 일들을 겪으며 새로운 인연을 만들어 나갈지 알 수 없으니까요.

  '어제랑 똑같아 보인다니요. 어제의 저는 이미 지나갔어요.'

22

스트레스를 푸는 방법

여러분은 스트레스를 받을 때 생각나는 음식 있으신가요? 저는 스트레스를 매운 걸로 푸는 편이어서, 항상 집에 매운 음식을 쟁여놓고 있는데 덕분에 위염은 제게 원 플러스 원 같은 존재였어요. 라면을 먹을 때도 청양고추 다섯 개는 넣어서 먹었고, 불닭볶음면도 소스를 따로 사서 더 추가하다 보니 어느 날은 속이 쓰려서 일어나질 못했어요. 원래 위가 약한 편이긴 했지만 그래도 이렇게 아플 줄 모르고 방심했던 거죠.

내가 먹은 게 그렇게 매웠나? 싶어서 생각해 보니 빠른 인정을 하게 되었어요. 그 정도로 매운 게 맞았거든요. 결국 쓰린 속을 부여잡고 병원을 가서 위염이라는 진단을 받고 약을 처방받아왔어요. 병원에선 당분간 자극적이고 기름진 음식은 먹지 말고 속이 편한 죽 같은 걸 추천해 주셨죠. 그런데 그때는 정말 청개구리 같았던 게, 그렇게 아파서 병원을 갔었는데도 좀 괜찮아지는 것 같으니 '매운 걸 먹어서 아플 땐 매운 걸로 가라앉혀 줘야지!' 하면서 떡볶이를 먹었어요.

맞아요. 또다시 위를 붙잡았죠. 마치 몸이 저에게 '거 적당히 좀 합시다. 계속 이러면 이제 합의 따위 없어요.'라며 심한 말들을 내뱉는 것 같았어요. 그때는 스스로 뭘 잘못했는지 뻔히 알면서도 몸이 약해빠졌다며 원망 섞인 말을 했는데, 지금 생각해 보면 위도 안 아프기 위해서 최선을 다해 노력했을 텐데 조금 미안해지기도 해요.

그렇게 몇 번을 아프고 나서는 저와 몸이 서로 합의점을 찾았어요. 매운 것도 적당히 당도 적당히. 제발 적당히!

스트레스는 만병의 근원이라고 하죠. 그런데 그런 스트레스를 풀기 위해 우리는 스스로에게 또 다른 스트레스를 주고 있진 않나요? 스트레스를 푸는 방법이 있다는 건 정말 좋지만 그래도 우리의 몸을 먼저 챙기도록 해요. 건강은 최고의 행운이니까요.

'위야 내가 미안하다.'

23

Allons-y!
알롱지!

　여러분들도 한 번쯤 자신이 진심으로 좋아하는 것들을 천천히 생각하며 정리해본 적 있으신가요? 저는 매일 한 번씩 제가 좋아하는 것들을 떠올리며 그것들을 다이어리에 정리해 놓고 있어요. 그것들을 생각하는 것만으로도 긍정적인 에너지가 생기는 것 같은 느낌이 들기도 해서 습관처럼 자리 잡았죠. 쓰다 보면 어제는 없었던 것들이 추가되기도 하고 그렇게 점점 하나씩 늘어나는 목록을 보면 행동으로 실천하게 되는 것들도 있어요.

　오늘은 자주 이용하는 서점에서 읽고 싶었던 책들을 잔뜩

담아놓은 장바구니를 신나게 결제하고, 이제는 말하지 않아도 좋아하는 스타일로 해주시는 단골 미용실을 예약해서 하고 싶었던 머리를 하고, 겨울마다 집 앞에 나오시는 호떡 아저씨 트럭에서 호떡도 사 먹었어요. 이런 사소한 것들은 저를 기분 좋게 만들어 주는 생각만 해도 든든한 행복들이죠.

음식뿐만 아니라 좋아하는 여행지, 드라마, 영화 리스트도 만들었어요. 저 같은 경우엔 특정 해외 드라마 몇 개를 굉장히 좋아해서 집에 있을 땐 항상 습관적으로 그걸 틀어놓고 있어요. 수도 없이 본 덕분에 이제는 소리만 들어도 드라마 속 장면들과 등장인물들의 대사를 달달 외울 정도죠. 주변에서는 그렇게 맨날 보면 질리지 않냐고 물어보곤 하는데 저는 제가 좋아하는 것들은 아무리 해도 질리지가 않아요. 제가 이렇게 행복하면 된 거죠. 그리고 또 하나, 해야 할 일을 시작하기 전에 좋아하는 캐릭터가 자주 하는 대사를 따라면서 하면 웬일인지 미루지 않게 되고 더 집중이 잘 되는 것 같기도 해요.

여러분도 좋아하는 것들을 한번 떠올려 보세요. 어쩌면 너무 익숙해진 나머지 내가 좋아하는 것들이 나에게 당연해져

버린 건 아닌지, 그래서 다음에 해도 된다고 스스로 핑계를 찾으며 미뤄두고 있는 건 아닌지, 미루고 미루다 더 무기력 해져 있는 건 아닌지 말이에요. 혹시 당장 떠오르지 않더라도, 너무 많은 것들이 엉켜있어도 괜찮아요. 천천히 하나씩 풀어가며 생각하면 되니까요.

'Allons-y! 알롱지!'

24

그래서 그때 나한테
왜 그랬어요?

우리는 살면서 한 번쯤 가족이나 친구, 혹은 직장동료이든 간에 나에게 상처를 주었던 사람들의 행동에 대해 '그 사람 그때 나한테 왜 그랬을까?'라는 생각이 떠오를 때가 있어요.

한 친구가 있었어요. 그 친구의 부모님은 자신이 어릴 적 이혼을 하시는 바람에 어머니와 단둘이 살게 되었죠. 중고 등학교 때까지는 별문제가 없었어요. 그러다 대학 입학을 앞두고 있던 어느 날 어머니는 친구에게 고등학교까지 졸업 시켜줬으니 대학 등록금은 아빠에게 받으라고 말씀하셨고, 친구는 어쩔 수 없이 오랜만에 아버지에게 연락해 대학 등록금 이야기를 꺼낼 수밖에 없었어요. 자신은 합격한 대학에 꼭 가고 싶었고 그러기 위해선 그 방법이 최선이라는 생각이 들었대요. 친구의 걱정과는 달리 아버지는 흔쾌히 알겠다고 하셨고 아버지를 만나러 간 날, 아버지는 친구에게 돈타령을 한다며 폭력을 휘둘렀다고 해요.

맞는 게 무서웠던 친구는 자리를 박차고 나와서 아버지와의 연을 완전히 끊었다고 했어요. 그 친구는 무사히 대학을 나와서 지금은 하고 싶은 일을 하며 결혼도 하고 잘살고 있지만 살다가 문득문득 '남편은 생판 남이었던 나를 이렇게까지 사랑해 주는데 아빠는 나한테 대체 왜 그랬을까?'라는 생각이 든다고 했어요. 자신이 어렸을 때 가족을 두고 떠났던 아버지를 이해해 보려고 수년간 노력했지만, 눈이 뒤집혀 주먹을 휘두르는 모습을 보니 더 이상 아버지가 아닌 괴물로 느껴졌다고 해요.

아버지는 '내 딸인데 내 마음대로 때릴 수도 있지'라고 말씀하셨지만, 그런 폭력은 절대 정당화될 수 없어요. 남에게 함부로 대하는 사람을 보면 사람을 하나의 인격체로 보지 않고 자신보다 아래 또는 소유물로 보는 경우가 많아요. 사람은 소유물이 아니에요. 그리고 '저 사람은 힘이 약하니까, 직급이 낮으니까 나보다 아래야.'라는 기준은 누가 세우는 걸까요? 혹시 나조차도 상대방을 대할 때 마음속으로 등급을 매기면서 대하고 있진 않나요? 사람은 한우 A+ 등급을 매기듯이 급을 나눌 수 없어요. 우리가 살고 있는 지금 이 세상에서는 평등이라는 주제가 뜨거워지고 있으니, 함께 그 세상을 따라가 보도록 노력해 보는 건 어떨까요?

'나는 물건이 아니에요. 필요한 물건은 마트 가서 구입하시면 됩니다.'

25

가스라이팅에 관하여

　오랜 연애를 끝낸 친구는 마음의 상처로 가득 차 있었어요. 그 친구는 연애를 하는 기간 동안 가스라이팅에 시달리고 있었거든요. 헤어지고 나니까 자신이 당했던 것이 가스라이팅이라고 인지한 후에는 원래의 자신으로 돌아오려고 굉장히 노력을 많이 했어요.

　그 친구가 당했던 가스라이팅의 예를 들어보자면 친구는 저체중인데도 불구하고 '뚱뚱하다, 얼굴이 너무 크다, 못생겼다.'라는 말을 수시로 들었어요. 너무 착하고 좋은 사람이라고 입이 닳도록 칭찬을 하는 친구를 보며 행복한 연애를 하고 있다고 생각했는데 그렇게 많은 상처들이 있을 줄은 몰랐죠.

 생각해 보니 어느 순간부터 친구가 다이어트에 집착을 하기 시작했고, 자신의 얼굴 중에 어디가 마음에 안 든다며 항상 그곳을 신경 쓰고 시술을 받을까 고민도 많이 했었는데 그게 그런 이유 때문이라고는 상상도 못했어요. 저를 포함한 주변 친구들은 자신이 당했던 것이 가스라이팅인 줄도 모른 채 정신을 지배당하다가 헤어진 후에야 깨달은 경험을 한 번씩 가지고 있어요.

 길고 긴 연애를 끝냈던 다른 친구는 만나는 동안 '나 아니면 너를 받아주고 만나 줄 사람은 세상에 없다.'라는 말을 거의 매일 들었다고 해요. 그 만남을 몇 년 동안이나 이어가던 친구는 '이 사람 아니면 내가 어디 가서 더 좋은 사람을 만나겠어.'라는 생각에 지배당해있다가 어느 날 문득 '내가 너보다 왜 좋은 사람을 못 만나?'라며 그 길었던 만남에 마침표를 찍었죠.

 왜 때로 사람들은 누군가를 정신적으로 지배하려 드는 마음이 생기는 걸까요? 누군가를 지배한다는 것 자체는 상대방을 나보다 아래로 보는 행위나 다름없어요. 서로 사랑해서 만나는 연인 사이에 위아래가 왜 존재하는 걸까요? 누구에게도 '나'를 정신적으로 지배하고 폭력을 휘두를 권리는 없어요.

　요즘 TV에는 가스라이팅 뿐만 아니라 데이트 폭력의 사례가 수도 없이 나오고 있어요. 정말 말도 안 되는 사건들을 바라보며 언제쯤 세상은 우리 모두에게 온전히 안전한 나라가 될 수 있을까 생각이 많아지는 날이에요.

　'못생기고 살쪘다고?? 응, 반사~'

어른이 되었지만
아직 배우는 중입니다　91

26

행동에 대한
책임의 무게

커피 중독인 저는 여느 때와 마찬가지로 자주 가던 카페에 갔어요. 주문을 하고 음료가 나오길 기다리는데 제 음료가 나옴과 동시에 어떤 손님 한 분이 픽업대로 오셔서 직원분에게 뭔가 말을 하기 시작하셨어요. 그분은 거의 다 마신 음료 컵을 가져오더니 주문을 했던 게 차가운 음료인 줄 몰랐고, 심지어 음료도 맛이 없다며 언성을 조금씩 높이기 시작했어요. 픽업대를 막고 계신 덕분에 저는 그분과 이미 나와 있는 제 음료를 보며 어쩔 수 없이 상황을 지켜볼 수밖에 없었죠. 높아질 대로 높아진 언성에 직원분은 몇 번이나 고개를 숙이며 죄송하다고 말씀드렸고 결국 그 손님은 직원분에게 상처가 될 만한 말을 남기고는 유유히 카페를 빠져나가셨어요. 음료 컵도 야무지게 챙기셔서 말이에요.

그때 제 표정이 어땠는지 저도 잘 모르겠지만, 그 손님이 뒤돌아 가는 것을 보고 음료를 받으려고 픽업대로 가면서 눈이 마주친 직원분은 제 표정을 보고 웃음을 터트리셨어요. 웃고 계시지만 그 마음이 어떤지 잘 알기에 저도 웃으며 '힘내세요.'라고 말씀드렸죠.

저도 감정노동을 하면서 겪어봤지만 세상은 넓고 진상은 많아요. 그중에서는 상대방에게 상처가 될 만한 말을 한마디라도 더 하려고 유독 애를 쓰는 사람들도 있죠. 다행히도 저는 멘탈이 약한 편이었는데도 불구하고 그런 일에는 무던한 편이라 크게 신경을 쓰지 않았어요. 주변에서는 그런 저를 신기하기도 하고 특이하다고 하기도 했어요.

그 카페에서 진상 고객을 상대하는 직원분을 보자 예전의 저와 동료들이 생각났어요. '그땐 나도 그랬지…. 진상은 국적과는 상관없지….' 남에게 상처를 주는 일은 나중에 몇 배가 되어서 자신에게 돌아온다는 말이 있죠. 그런 행동에는 책임의 무게가 뒤따르게 되어있어요. 조금만 더 유하게 바라보면 참 아름다운 세상인데 왜 이렇게 날을 세워 상처를 주려고 하는 걸까요. 힘드시겠지만 그런 일로 상처받으시지 않으셨으면 하는 바램이 있어요. 어차피 그들에게 전부 다 돌아가게 될 테니까요.

'10절까지 하는 그 재능으로 쇼미더머니 나가세요.'

27

세상이 당장 바뀌지 않더라도...

　2021년 초 TV에서는 양부모가 끔찍한 폭력을 휘둘러서 입양한 아이를 결국 죽음으로 몰고 간 이야기가 방영된 적이 있어요. 방영이 된 직후 엄청난 이슈가 되었고, 모두들 한마음으로 분노를 했죠. 저 또한 너무 화가 나서 엄벌 탄원서를 작성해 법원으로 보냈어요. 그 사건은 회사에서도 많은 사람들 입에 오르내리며 탄원서를 보내려고 준비하시던 분들도 계셨죠. 그런데 상사 한 분께서 뭐 하러 그런 걸 하냐며 그런다고 세상은 안 바뀐다고 한소리를 하시면서 지나가셨어요.

전 그 말에 피가 차게 식는 기분이었어요. 그분의 말대로 세상은 쉽게 바뀌지 않지만 그럼에도 불구하고 우리가 행동을 하는 이유는 지금 당장 눈앞에 있는 미래가 드라마틱하게 좋은 세상으로 바뀌길 바라는 기대를 하는 것이 아니라 점점 더 좋은 세상을 만들어가기 위한 노력을 하는 거잖아요.

지금 당장은 세상이 바뀐다는 게 막막할 수 있어도 적어도 지금의 아이들이 자란 후엔 지금보다는 안전한 세상이 되길 바라는 거죠. 피해자가 숨고 피의자가 당당한 세상 말고, 피해자가 보호받고 숨지 않아도 되는 세상 말이에요. 출소한 범죄자를 보호하는 세상이 지금 우리가 살고 있는 좋은 세상의 현실이에요.

우리는 현재 많은 것을 누리면서 살아가고 있어요. 세상 좋아졌다는 말도 있잖아요. 하지만 여전히 뉴스에선 화가 나고 불안한 일들이 끊임없이 쏟아져 나오고 있어요.

나이를 한 살 한 살 먹으며 주변 친구들이 결혼을 하고 아이를 낳는 걸 보면서 저는 참 많은 생각이 들었어요. 이 아

이들이 자라면 지금 말도 안 된다고 여겨지는 것들이 조금
은 바뀌길. 그래서 이곳이 좀 더 안전한 나라가 되길 말이
에요.

'노오~력 조차 안 하면서 불평하지 마세요.'

28

우리도 새싹이었는걸요

아기를 낳고 마음 편히 밖을 돌아다니지 못하는 친구는 자신이 맘충이라는 말을 들을까 봐 아기를 데리고 외출을 하는 게 꺼려진다고 했어요. 제가 처음 맘충이라는 단어를 접했을 때 적잖은 충격을 받았어요. 정말 마음 아픈 단어에요. 왜 모든 잣대가 엄마라는 곳을 향해 있는 걸까요? 한때 어린아이였던 우리는 왜 성인이 된 후 그런 단어를 만들어내 누군가의 엄마를 공격하고 있는 걸까요?

그렇다면 정말로 육아의 모든 문제는 엄마한테 있기 때문에 그런 단어가 생긴 걸까요? 우리는 함께하기 위해 서로를 만나 미래를 약속하고 하나가 되었는데 왜 모든 잣대는 '엄마'라는 단어로 향해버린 걸까요?

맘충이라는 단어를 들으면서 저는 왠지 모르게 저희 엄마한테 너무 죄송해졌어요. 저는 어렸을 때 엄청 말썽꾸러기였거든요. 정말 '아무도 날 막을 수 없다!' 할 정도의 꼬마였는데 그래도 화 한번 안 내시고 무한한 사랑으로 잘 키워주셨어요.

한 번쯤 우리의 어릴 적 사진을 꺼내 아직 세상의 반도 자라지 못한 아이였을 때의 모습을 떠올려보는 건 어떨까요? 우리도 땅에서 막 피어난 새싹처럼 작은 아이였고 그 새싹은 무럭무럭 자라서 꽃 같은 우리가 되었으니까요.

'가슴을 펴고 소리쳐보자 우리들은 새싹들이다!'

— 동요 「새싹들이다」 中

29

받아들이지 않는 건
개인주의가 아니에요

　요즘 한국에서는 개인주의에 관한 이야기가 종종 나오고 있어요. 가끔 개인주의의 의미를 잘 못 받아들이는 사람들도 있죠. 해외의 개인주의가 부럽다며 본인의 개인주의를 열심히 실천하던 옛 직장동료는 개인주의자가 아닌 다른 사람의 의견은 전부 묵살해 버리는 완벽한 이기주의자로 바뀌어 있었어요. 대체 어디서부터 어떻게 잘못된 걸까요?

　그 친구를 보며 예전에 인터넷에서 봤던 글 하나가 생각이 났어요. 세상에서 제일 무서운 건 자신의 논리가 전부 옳다고 판단하여 상대방의 이야기나 기분은 무시해 버리는 사람들이라는 내용이었어요.

오롯이 내 의견이 옳다고 우기는 건 개인주의가 아니에요. 그건 그냥 이기적인 본인의 모습을 자기합리화하는 것뿐이죠. 뼛속까지 개인주의 성향을 가지고 있는 외국인 친구들도 다른 사람들의 말에 잘 귀 기울여 주고, 다름을 인정할 줄 알며, 상대방의 의견을 잘 수용해 줘요. 개인주의의 의미는 국가나 사회보다 '개인의 존재 가치'를 더 중요하게 여기는 것이지, '나는 무조건 다 옳고, 너네는 무조건 다 틀림.'이 절대 아니에요. 어쩌다 개인주의가 본래 가지고 있던 의미와는 정반대로 변해버렸을까요?

누군가를 자신의 기분대로 막 대해놓고 사과는커녕 미안한 기색조차 비치지 않는 가해자들을 보며 귓가에 김상중 님의 목소리가 들려오는 것만 같아요.
'그런데 말입니다. 동물도 느끼는 미안함과 죄책감이라는 감정이 왜 사람인 우리에게는 그토록 무뎌져 있는 것일까요? 우리는 개인주의의 의미와 그 속에서 함께 살아가는 세상에 대해 다시 한번 생각해 볼 필요가 있습니다.'

30

마음속의 분노

 왜 우리는 마음속의 분노를 쉽사리 떨쳐내지 못하는 걸까요? 왜 열 번을 행복해도 한 번이 불행하면 그 분노 속으로 더 깊이 빠져버리는 걸까요? 글을 쓰면서 제 이야기와 친구들의 이야기를 되돌아보면서, 저는 우리가 생각하는 것보다 더 불행하다고 느끼며 살아가고 있다는 생각이 들었어요.

 매일 같이 쏟아지는 불만과 분노들, 그것들은 안 그래도 팍팍한 우리의 삶을 더욱더 아무것도 자랄 수 없는 척박한 땅처럼 만들어 버리죠. 우리의 삶이 얼마나 지쳐있기에 저런 감정들에 쉽게 휘말리는 걸까요? '나도 이제부터 행복해질 거야!'라고 당당하게 외친 친구는 다음날이 되면 어김없이 보기만 해도 분노가 가득 느껴지는 카톡을 보내오곤 해요. 어째서 우리를 괴롭히는 존재들은 단 한순간도 우리를 그냥 내버려 두질 않아서 소중한 하루를 누군가를 미워하고 헐뜯으며 보내게 만드는 걸까요.

안타까운 건 한참을 분노하던 친구들이 나중에는 그걸로 인해서 심적으로 힘들어할 때예요. 누군가를 미워하는 마음이 쌓이고 쌓여 분노하게 되는 건 생각보다 엄청난 에너지가 필요하죠. 우리의 몸을 핸드폰 배터리처럼 충전할 수 있으면 좋겠지만 그럴 수 없기에 우리는 에너지가 방전된 줄도 모른 채 나쁜 감정들에 소중한 에너지를 쏟게 돼요.

오늘 하루가 유독 지치고 힘들었다면 혹시 내 마음속에 자리 잡은 분노 때문은 아니었는지 또 내가 누군가를 미워하는 마음이 유독 강하진 않았는지 나의 마음을 한번 살펴봐 주셨으면 해요. 그렇지만 누군가를 미워하는 마음이 든다고 해서 그걸로 또 다른 죄책감을 가질 필요는 없어요. 그건 잘못된 감정이 아니니 그런 감정이 들었다며 스스로 자책하고 힘들어하면서 또 다른 에너지를 쏟지 않으셨으면 해요.

그냥 우리는 마음을 토닥토닥해주고 시원하게 하고 싶은 말한번 다 해준 다음 충분한 휴식을 취하고 우리의 일상으로 돌아가면 되니까요.

'이런 !@@!%$$&%%$$##@#!!%@$#^$#&'

31

정말 운이 안 좋은 걸까요?

여러분은 이런 상황을 마주하시면 어떠실 것 같나요? 택배를 시키면 운송장이 붙어있는 포장지만 오고 안에 있어야할 물건은 안 오는 경우, 평소 꿈꿔왔던 여행 장소를 갔더니 때마침 공사를 하고 있어서 공사하는 모습만 보고 돌아온 경우, 가고 싶던 공연 티켓 예매에 매번 광탈 하는 경우, 항상 같은 곳에서 비슷한 자세로 넘어지는 바람에 흉터가 생긴 무릎이 또 깨지는 경우.

위의 상황들은 전부 저와 제 주변의 실제 경험담이에요. 한 번은 친구가 요즘 택배를 시키면 포장 비닐이 찢어져서 물건이 어디론가 새어나갔다는 이유로 물건을 받지 못하는 상황들이 여러 번 있었다고 해요. '한 번이면 그럴 수도 있지'라고 생각하겠는데 벌써 몇 번째 이어지는 상황에 친구는 굉장히 화가 나 있었어요. 어떻게 남들은 겪을까 말까 하는 일이 자기한테는 연속으로 일어날 수 있냐며 운도 지지리 없다고 한참 동안이나 열을 냈죠. 저는 그런 친구를 만나서 기분전환 겸 맛있는 걸 먹으며 이야기를 나눴어요. 기분이 가라앉은 친구를 보니 저 또한 마음이 좋지 않았거든요.

그리고 항상 같은 곳에서 넘어져 무릎을 다치는 경우가 바로 제 이야기예요. 제가 집 앞에서 주기적으로 넘어지는 곳이 있는데 항상 비슷하게 넘어져서 이미 흉터가 자리 잡은 무릎이 깨지고 또 깨지고 한답니다. 처음에는 그 순간이 너무 쪽팔리기만 했는데 잊을만하면 그러다 보니 이제는 넘어지면 아무렇지 않게 일어나서 약국부터 들리게 되었어요.

깨진 무릎으로 친구를 만나자마자 또 넘어졌다며 재미있는 일을 겪은 것처럼 막 웃으면서 이야기하자 친구는 저를 보며 어떻게 다친 무릎을 수십 번 다치면서도 그렇게 웃을 수 있냐고 물었어요. 어쩌면, 한 번이 아니라서 그렇게 웃을 수 있는지도 몰라요. 처음에는 너무 아프고 부끄러워서 눈물이 핑 돌 정도였는데, 몇 년을 그렇게 넘어지다 보니 이제는 무릎에게 좀 미안하기만 한 정도로 무덤덤해져 버렸죠.

비슷한 상황 또는 여러 가지 이유로 자신의 운이 안 좋다고 생각하시는 분들에게 지금 우리는 운이 안 좋은 것이 아니라 그저 여러 가지 상황들과 마주하며 조금 더 단단해지고 있는 거라고 말씀드리고 싶어요. 단단해질수록 비슷한 일들을 또 마주하게 되었을 때 우리에게 상처로 남는 것이 아닌 그저 또 하나의 경험으로 남겨둘 수 있게 되는 과정일 뿐이라고 말이에요.

'어때? 이제 별거 아니지?'

32

세상의 정답이란 뭘까요?

때때로 우리는 세상엔 정답이 없다고 생각하지만 우리의 삶에 정답은 바로 '나 자신'이에요. 우리의 생각, 우리의 마음. 그것이 바로 우리가 사는 세상의 정답이죠.

주변을 보면 가끔 자신은 남들과 생각이 다르다며 기가 죽고, 속상해하는 친구들이 있어요. 그러나 그건 그냥 상대방의 생각일 뿐이에요. 우리는 각자 다른 가치관과 생각들을 가지고 있기에 더 재미있고 다양한 세상들을 만날 수 있어요.

이 세상 사람들 모두가 다 똑같은 생각을 하고 있다면 어떨까요? 안 그래도 데자뷰 같은 하루인데, 모든 사람들이 나와 같은 가치관을 가지고 나와 같은 생각을 한다면 그 세상은 얼마나 지루할까요?

친구들을 만나서 이야기를 하는데 한 친구는 세상은 진짜 넓다며 여행 이야기를 해주었고 또 한 친구는 세상이 너무 좁다며 오랜만에 길에서 우연히 만난 자신의 옛 동료 이야기를 해주었어요. 이렇듯 우리는 각자의 세상이 넓을 수도 또는 좁을 수도 있어요. 그건 우리가 생각하고 느끼기 나름이죠. 그 어느 친구의 말도 틀린 게 아니에요. 그저 다를 뿐이죠. 그리고 우린 그 이야기를 '이 친구들은 이래서 세상이 넓다고 느끼고 또 좁다고 느끼는구나. 그렇게 생각할 수도 있겠다.'하고 그냥 받아들이면 돼요.

여러분은 세상이 어떻게 보이시나요? '어떨 때는 넓게 보이고 어떨 때는 좁게 보여요.'도 다 맞아요. 정답은 이미 우리 마음속에 있으니까요.

'시험도 아닌데 답이 좀 다르면 어때요~'

33

겁쟁이라서 그런 걸까요?

여러분은 가끔 스스로가 겁쟁이처럼 느껴지실 때가 있으신가요? 얼마 전에 사연을 하나 들었어요. 그 친구는 직장도 안정적이고 금전적인 여유도 있지만 어쩐지 본인의 인생이 실패작이라는 생각이 들었다고 해요. 남들이 보기엔 너무 좋은 직업을 가지고 있지만 현실이 너무 치열해서 마음의 여유가 없고 정말 해보고 싶은 일을 찾아보고 싶다가도 현실과 꿈 사이에서의 갈등이 심해서 이럴 땐 어렸을 때 좀 더 다양한 경험을 해볼 걸 하는 후회가 든다고 했어요. 그러면서 이 모든 걸 생각은 하고 있지만 선뜻 실행하지 못하는 모습을 보면서 스스로가 너무 겁쟁이 같다며 괴로워했어요.

나이가 들면서 생기는 무언의 압박과 두려움은 우리를 더욱 힘들게 하고, 다른 일을 찾아서 시작하고 싶어도, '그게 정말 내 일이 맞을까?' 하는 물음표가 생기기도 해요.

친구의 이야기를 듣고 저 또한 생각이 많아졌어요. 저도 직장을 그만두기 전에 많은 고민을 했었고, 그만두고 나와서도 너무 무서웠거든요.

그렇지만 여러분 우리가 겁쟁이라서 두려움이 생기는 것이 아니에요. 그건 우리의 마음속에 저항이 자리 잡고 있기 때문이에요. 우리가 경험해 보지 못한 일에 대한 두려움은 위험신호를 보내 저항을 만들어내죠. 누구에게나 저항이 존재하기에 우리는 겁쟁이라서 무서운 것이 아닌 나 자신을 지키려는 마음이 강해지는 것뿐이에요.

안정적인 생활을 벗어나서 새로운 도전을 한다는 것은 누구에게나 두려움이 뒤따르는 일이에요. 그러니 우리는 스스로가 겁쟁이라는 생각은 잠시 접어두고 우리의 마음속에 떠오른 저항과 맞서며 도전하고 싶은 일을 당당하게 도전해 보는 건 어떨까요?

'겁쟁이는 노래 제목일 뿐이지.'

34

인생의 불청객들

한 번은 회사 동료 한 분이 주말이나 쉬는 날 집에 혼자 있는 게 너무 싫다고 하시면서 저보고 쉬는 날엔 뭘 하냐고 묻기에 그냥 집에서 시간을 보낸다고 했어요. 저는 집순이라 집에 있는 시간을 너무 좋아하거든요. 그런데 그분은 이해가 안 간다는 표정으로 집에 있으면 어차피 계속 누워있기만 하는데 뭣 하러 집에만 있냐며 저를 전혀 이해하지 못하셨어요. 그리고 그 뒤로 계속 저와 마주칠 때마다 '주말에 밖에 나가서 놀기도 하고 사람도 만나고 해! 그래서 아직 연애를 못 하는 거야!'라며 한마디씩 덧붙이셨죠.

이렇듯 가끔 불청객들은 예고도 없이 우리의 일상을 침범하고 그 일상에 흠집을 내기도 하죠. 어째서 그렇게 우리에 대해 확신하고 판단하는 걸까요? 가끔은 지나친 참견이 도를 넘을 때도 있어요. 우리는 불청객들의 인생을 대신 살아주는 것이 아닌 우리의 인생을 살아가고 있는 건데 말이에요.

우리의 일상에 함부로 침범하려는 불청객들에게 자리를 내어 줄 필요는 없어요. 그 사람은 우리의 인생에 1%의 지분도 없으니까요.

'누가 보면 님 전 재산 제 인생에 배팅이라도 한 줄 알겠어요.'

35

그게 바로 제 성격이에요

새로운 사람들을 만나는 일이 설레는 사람도 있지만 어려운 사람도 있어요. 저는 사회생활을 시작하면서부터 동료들에게 먼저 다가가려고 엄청 노력했어요. 그러다 보니 회사에서 만난 친구들은 제가 낯가리는 모습을 상상하지 못할 정도지만 저를 오래 알고 지낸 친구들은 제가 낯가림이 심하다는 것을 잘 알고 있죠. 사회생활을 하면서 자연스럽게 성격이 변한 것은 아니에요. 그냥 제 모습을 숨겨두고 아닌 척했던 거였죠. 처음엔 조금 힘들긴 했지만 좋은 점도 있었어요. 모든 사람과 두루두루 친하게 지낼 수 있다는 장점이 있었거든요.

회사를 그만두고 나서부터는 누군가와 친해지려고 애쓰지 않고 편하게 쉬고 싶다는 생각으로 한동안 사람들을 잘 만나지 않았어요. 그 뒤로는 어딜 가서도 굳이 먼저 다가가려 하지도 않았어요. '친해질 사람들은 언젠가 친해지겠지'라고 생각했거든요. 제 본 모습으로 돌아온 거죠.

제 친구는 다니던 회사에서 성격이 소심하다는 이유로 온갖 괴롭힘을 당하고 난 후에 대인기피증이 생겨 퇴사를 하고 집 밖으로 나오지 않았어요. 사람 자체에 혐오감을 느껴서 세상으로 나오는 것조차 거부감을 보였죠. 제가 친구를 위해 해줄 수 있는 일은 이야기를 들으면서 같이 신나게 험한 말을 한 바가지 해주는 거였어요. 그러다 보면 별거 아닌 제 말에 한 번씩 들리는 친구의 웃음소리가 왜 이렇게 듣기 좋던지 다행히도 시간이 좀 지나고 친구는 세상 밖으로 나와 조금씩 다시 활동을 시작했어요. 여전히 새로운 인물들에 대한 두려움은 남아있었지만, 자신의 존재를 나 자체로 봐주지 않는 사람들 때문에 아까운 시간을 보내지 않을 거라는 다짐을 하게 된 거죠. 그런 친구를 보면서 저는 정말 대단하다고 생각했어요. 만약 제가 친구의 상황이었다면 이겨낼 수 있었을지 확신이 들지 않았거든요. 그 모습들이 머릿속에 펼쳐지자

새삼 다시 한번 친구가 정말 존경스러웠어요.

친구는 요즘도 한 번씩 저에게 세상 밖으로 나오게 해줘서 고맙다고 하지만, 저는 제 덕분이 아닌 친구의 마음이 다시 친구를 세상 밖으로 나올 수 있게 한 거라고 생각해요. 친구와 저는 여전히 소심하고 낯을 가리는 성격으로 살고 있지만 있는 그대로의 모습이 우리라고 생각하며 눈치 보지 않고 행복하게 살고 있답니다. 낯을 좀 가리면 어떻고 소심하면 좀 어때요. 그게 우리인 걸요.

'내 성격에 이래라 저래라 하지 마세요.'

36

서로의 취향을
존중해주세요

우리는 각자의 취향이 존재하는 세상에서 살고 있어요. 그렇지만 어떤 사람들은 상대방의 취향을 비웃고 이해하지 못할 때도 있죠. 한참 한국에서 우주에 관련된 영화가 대히트를 치면서 오피스 박스 1위에 올랐던 때가 있었어요. 주변에서 인생 영화라고 하며 꼭 봐야 한다고 극찬을 하길래 저도 보게 되었죠. 그런데 기대가 높았던 탓일까요? 저는 생각보다 지루하다는 느낌을 받았어요. 그 영화를 보고 왔다는 걸 알게 된 주변 사람들은 영화가 재밌지 않냐며 저에게 기대감 넘치는 목소리로 물었고 저는 제가 느낀 감정을 솔직하게 털어놨어요. 그러자 영화를 극찬했던 사람들은 저에게 영화 볼 줄 모른다며, 취향 참 독특하다고 타박 아닌 타박을 했죠.

이런 경험을 한 사람은 저뿐만이 아니에요. 누군가는 노래나, 음식, 공연 등 수도 없이 많은 이유로 취향이 안 맞는다며 듣지 않아도 될 말들을 듣게 되죠. 세상엔 다양한 사람들이 존재하고 각자 다양한 취향과 개성들을 가지고 있는데 어째서 자신들의 취향과 맞지 않으면 비판을 하고 배척하려 드는 걸까요? 세상에 다양한 사람들이 존재하는 건 지극히 정상적이에요. 그건 세상이 제대로 잘 돌아가고 있다는 뜻이기도 하죠.

다수의 의견과 나의 의견이 맞지 않는다고 해서 무조건 나의 의견이 틀린 게 아니에요. 우리는 사고방식이 각자 다르기에 어떠한 상황을 마주했을 때 다 같은 생각을 할 수 없어요. 영화 메이즈 러너에서 미로 속에 남아있으려는 무리와 탈출하려는 무리로 나뉘듯이 우리에겐 각자의 의견이 존재해요.

자신의 의견만 내세우며 다른 사람의 의견을 함부로 무시하는 사람들 때문에 내가 가지고 있는 생각을 억지로 변화 시키지 않으셔도 돼요. 우리가 틀린 것이 아니라 그냥 다른 것뿐 이니까요.

'내 생각은 이래. 그렇지만 난 네 생각도 존중해.'

37

꼬리를 무는 생각들

그런 날이 있죠. 생각이 유독 많은 날. 다른 것에 집중하기 어려울 정도로 이런저런 쓸데없는 생각들이 머릿속을 둥둥 떠다니는 날. 책을 읽고 싶어도, 영화를 보고 싶어도, 다른 무언가 정신을 다른 곳으로 돌릴 만한 일을 하고 싶어도 내용은 눈에 전혀 들어오지 않고 그저 생각과 기억들이 꼬리에 꼬리를 무는 것을 지켜볼 수밖에 없는 날. 좋은 생각들만 떠오르면 좋으련만 이 머릿속은 왜 자꾸 힘들고 안 좋은 기억들만 끄집어내는 건지, 왜 이렇게 우울하고 상처받은 기억들만 더 또렷하게 보여주는 건지.

좋은 것만 보고 듣고 경험하기도 아깝고 짧은 세상인데 왜 이렇게 상처받은 마음을 안고 살아가야 하는 건지. 우리가 외면하고 피할수록 흐려질 기억이라면 얼마나 좋을까요.

이렇게도 어려운 마음을 겨우 극복하고 나면 우리에겐 또 다른 상처들이 기다렸다는 듯 물밀듯이 밀려오기도 하죠. 그것들이 우리의 내면에 상처로 자리 잡아 곪아 버렸는지도 모를 정도로 너무 바쁜 일상에 치여 살다 보면 어느 순간부터 스스로가 고장이 나고 있다는 신호를 받게 돼요. 이럴 땐 우리가 그 어떤 것에도 상처받지 않고, 아프지 않고 뭐든 씩씩하게 해 낼 수 있는 그런 천하무적이었으면 좋겠어요.

만약 오늘도 내 머릿속을 떠다니는 나쁜 기억들로 힘들다면, 크게 심호흡을 한번 하고 그 생각들을 가만히 지켜보면서 조용히 지나갈 수 있도록 해주세요. 생각이란 때론 지독하기도 해서 떨쳐내려 할수록 더욱더 깊은 생각 속으로 끌고 가 버리기 때문에 피하지 않고 조용히 하나씩 보내다 보면 어느 순간 머릿속이 깨끗하게 비워질 거예요.

'다들 잘 가렴~ 다신 보지 말자!'

38

우리는 우리의 생각보다
강한 존재랍니다

여러분 우리는 우리의 생각보다 훨씬 더 강하다는 것을 알고 계시나요? 제가 한동안 우울감과 무력감에 심하게 빠지게 되면서 눈을 뜬 순간부터 잠이 드는 순간까지 아무것도 하지 못하고 수십 번을 울고 또 울다가 지쳐서 잠드는 게 일상이었어요. 극단적인 생각도 물론 했어요. 그때는 제 마음을 스스로 다스릴 줄 몰랐거든요. 새로운 아침에 또 눈을 떴다는 사실이 너무 절망적이어서 그냥 모든 걸 포기하고 싶기도 했어요.

때로 우리는 삶이 너무 지치고 힘들어서 부정적인 생각들이 계속 떠오르고 결국 그 속에 갇혀서 영원히 빠져나오지 못할 것만 같을 때도 있죠. 그렇지만 우리는 그 감정을 깨고 나올 수 있는 충분한 힘을 가지고 있어요.

그렇다고 슬픈데 억지로 행복한 척을 하면서 이겨내지 마세요. 우리는 우리의 감정에 충실해야 하니까요. 슬플 땐 왜 슬픈지 내 감정을 이해하고 기쁘고 행복할 땐 그 감정을 200%로 받아들이고 즐기시면 돼요.

우리 모두에게 좋은 일만 가득했으면 좋겠지만, 세상이란 게 한 번씩 찾아오는 슬픔을 피하기 어려울 때도 있어요. 그래도 괜찮아요. 우리는 위기를 잘 극복하고 원래의 '나'로 돌아올 수 있는 힘을 가지고 있으니까요.

'저도 해냈으니 여러분은 더 잘 이겨내실 수 있어요!'

39

원하는 길의
방향을 찾아서

한국을 떠나 해외로 나간 친구가 있어요. 그 친구는 한국에 있을 때 꽤나 이름있는 큰 회사에 다녔었는데, 자신만의 시간이 없다는 걸 굉장히 힘들어하던 친구였죠. 여행을 좋아해서 정말 여기저기 많이 다니던 친구는 어느 날 갑자기 한국을 떠난다고 했어요. 사실 그런 선택을 하기까지 쉽지 않았지만, 고민을 하면 할수록 자신이 원하는 것이 더 뚜렷하게 보여서 결정을 했다고 하더라고요.

전 그때 그 친구의 결단력 있는 행동에 마음껏 박수를 쳐줬어요. 남부럽지 않던 직장을 때려치우고 떠난 친구는 몇 년이 지난 지금 자신의 삶이 그곳에서 훨씬 만족스럽다고 했어요. 고민을 하느라 그냥 흘려보냈던 시간들이 아까울 정도라고 하며 저에게도 하고 싶은 일이 있다면 고민 말고 바로 행동하라고 해주었죠.

친구의 말을 듣고 생각해 보니 맞는 말이었어요. 항상 하고 싶었던 것들을 미루고 미루다 결국 하게 되었을 때 '아 진작 시작했더라면 지금 더 잘했을 텐데'라는 후회를 하던 과거의 제 모습들이 생각났어요. 머릿속에 한 가지 고민을 계속하고 있던 저는 그 친구의 말에 바로 지금까지 고민해 왔던 것들을 행동으로 옮기기 시작했죠.

우리는 살면서 수많은 고민의 길을 마주하게 돼요. '이렇게 할까? 아니야. 그냥 이렇게 할까?' 고민을 하다가 결국 안전한 길을 선택하거나, 두 길 다 선택하지 않고 주저앉아 버릴 때도 있죠. 하지만 여러분이 진짜로 원하는 것이 변화 없는 안전의 길이 아닌 모험의 길이라면 한번 발을 내디뎌보세요. 안 하고 후회로 남겨두는 것보다 혹여 또 다른 후회를 하게 될지라도 미련은 없을 테니까요.

'내 모험의 길은 이렇게 되어있었구나! 도전해 보길 잘했네! 후회는 없다!'

40

미래를 예측할 수 있다면

우리가 미래를 내다볼 수 있다면 행복할까요? 미래는 예측 불가능해서 인생이 더 재미있는 거라고 하지만 가끔은 어떻게 될지 모르는 불안정한 미래를 생각하면 무서워질 때도 있어요.

저는 사주를 굉장히 좋아하는 편이라 언니와 아니면 친구들과 사주를 보러 주기적으로 가는 편이었어요. 다른 곳에서 했던 이야기를 비슷하게 해주시는 분도 계셨고 아예 다른 이야기를 해주시는 분도 계셨죠. 그렇게 여러 번 사주를 보고 나니 어쩌면 인생은 정해진 틀에서 사는 것이 아닌 우리가 만들어 가는 것이라는 생각이 들었어요.

 마음의 위로차 긍정적인 이야기를 듣고 싶어서 갔는데 안 좋은 소리를 듣게 된다면 실망할 필요 없어요. 그 말을 백 프로 믿기 보다는 좋은 것은 참고하고, 안 좋은 것은 한 귀로 흘려들으면서 우리의 인생을 만들어 가는 것이 더 중요해요. 사주나 점으로는 우리의 인생을 정확하게 내다볼 수 없어요. 우리가 행동하기에 달려있죠.

 미래가 완전히 예측 가능하다면 '어차피 이미 정해진 운명, 노력한들 달라지겠어?'라는 생각으로 그저 주어진 시간을 지금보다 더 똑같이, 묵묵히 살아가게 될 거예요. 그런 인생이 의미가 있을까요? 앞으로는 그 틀을 벗어나 무엇이든 잘 될 거라는 믿음을 가지고 예측할 수 없는 미래에 어떤 일이 펼쳐질지 마음속으로 그려보며 인생을 직접 설계하고 지어보도록 해요.

 '공무원을 해야 해요. 예술 쪽으로 나가야 해요. 연하를 만나야 잘 살아요. 연상을 만나야 돼요.'
 '그냥 제가 알아서 할게요.'

41

행복하고 자랑스러운 기억

여러분은 '가장 행복하고 자랑스러운 기억'하면 바로 떠오르는 게 있으신가요? 명상을 시작한 지 얼마 되지 않았을 때는 가이드가 있는 명상으로 배우며 시작했는데, 거기에서 내가 가장 행복했던 기억과 가장 자랑스러웠던 기억, 그리고 힘들었던 기억이 뭔지 떠올려보는 부분이 있었어요. 행복하고 자랑스러운 기억을 떠올려보려고 할 땐 꽉 막혀있던 머릿속이 힘들었던 기억을 떠올리려고 하자 기다렸다는 듯이 쏟아내기 시작했죠. 너무 오랜 시간이 지나서 제가 인식하지 못하고 있었던 기억들까지 와르르 쏟아지다 보니 새삼 지나온 시간을 너무 우울하게 살아온 것 같은 생각이 들었어요.

무엇이 이렇게 행복한 기억들은 꼭꼭 감춰둔 채 우울한 기억만 쏟아지게 만든 걸까요? 가만히 앉아서 그 기억을 바라보다 보니 정말 별거 아닌 것들도 많았어요. 지금 마주하게 될 상황이라면 신경도 안 썼을 일들이 그때 당시에는 뭐가 그렇게 힘들었는지, 얼마나 서러웠으면 자신의 모습을 꼭꼭 감추고 있다가 자기를 잊지 말라며 존재감을 드러내는 건지. 그러다가도 새삼 스스로가 조금은 단단해진 것 같은 생각에 안심이 되기도 했어요. 30대가 되면서 가장 좋았던 점은 뭐든지 조금씩 무뎌진다는 것이었어요. 그러다 보니 작정하고 상처를 주려는 사람들을 만나도 흔들리지 않게 되었죠.

도종환 시인님 시중에 이런 구절이 있죠. '흔들리지 않고 피는 꽃이 어디 있으랴'. 우리는 수많은 비바람에 흔들리며 지금의 우리가 되었기에 이제 스쳐 지나가는 바람은 그냥 흘려보낼 수 있는 내면이 단단한 모두가 되었으면 좋겠어요.

'이제 태풍 따위 무섭지 않아! 드루와 드루와!'

42

인간관계에
애쓰지 않아도 괜찮아요

30대가 넘어가면서 가장 달라진 점이 있다면 바로 인간관계인 것 같아요. 예전엔 인간관계를 유지하는 게 정말 어렵다고 생각했는데 한해 한해 지나면서 생각해 보니 정말 별거 아닌 일에 스트레스를 많이 받았다는 생각이 들었어요.

인간관계가 가장 많이 정리된 시점이 있었는데, 바로 제가 술을 마시지 않게 되면서부터예요. 예전에는 회식도 해야 하고 친한 친구들이랑 만나면 무조건 술 약속이다 보니 그 관계가 유지됐지만, 술을 안 마시게 된 이후로는 그런 약속들이 점차 줄면서 그것으로 인해 유지되고 있던 관계들도 점차 소홀해졌죠.

그리고 생각지도 못하게 오랜만에 연락이 온 친구들과 자주 만나서 밥을 먹고 계속 연락을 이어가다 보니 또 다른 단단한 인간관계가 만들어졌어요. 제가 잘 지내는지 궁금하고 생각이 나서 연락을 했다던 그 친구들이 얼마나 고마웠는지 몰라요. 누군가가 저를 좋은 기억으로 떠올려준다는 건 참 따뜻한 일인 것 같아요.

인간관계는 어떻게 흘러갈지 알 수 없죠. 정말 오랜 시간 알고 지내서 평생 내 옆에 있을 거라고 생각했던 친구와 한순간 멀어지게 될 수도 있고, 스쳐 지나가며 가벼운 만남으로 끝날 것 같았던 사람과의 만남이 길게 유지되며 절친한 친구가 될 수도 있으니 말이에요.

인간관계에 너무 애쓰지 않으셔도 괜찮아요. 주변을 보살피기보단 나를 먼저 보살피는 것이 더 중요해요. 그리고 나에게 상처를 주는 사람들에게 미련을 둘 필요 없어요. 내 옆에 있어 줄 따뜻하고 든든한 사람들은 무슨 일이 있어도 옆을 지켜줄 테니까요.

'인간관계는 밀물 썰물과 비슷한 것 아닐까?'

43

단단한 내면이 되는
그날까지

  감정노동을 하는 친구의 이야기를 들었어요. 한 고객이 와서 아무런 문제 없이 세일즈를 했고 물건을 판매했는데, 며칠 뒤 그때 그 고객이 친구에게 너무 기분이 상해서 못 참겠다며 아무것도 바라는 거 없으니 직접 찾아와서 무릎을 꿇고 사과하라고 본사에 컴플레인을 걸었다고 해요.

  친구는 당황스러웠지만 본사와 이야기를 하고 일단 상황을 파악한 뒤 먼저 사과를 드릴 겸 연락을 드렸더니 자신에게 오래된 물건을 꺼내준 것 같아서 기분이 나쁘다며, 직접 와서 무릎을 꿇고 사과하라고 한참 동안 친구를 몰아세웠다고 해요.

그 친구가 누구보다도 강한 멘탈을 가지고 있다는 것을 직
장에서도 다 인정할 정도였는데 그 일이 있고 난 뒤에 저는
친구가 우는 모습을 처음으로 보게 되었어요. 다른 건 다 괜
찮았는데 이건 안되겠다고 하면서도 자기가 이런 걸로 힘들
면 안 된다는 생각이 자꾸 든다고 했어요. 친구는 누구보다
도 강했지만, 그 속에서 홀로 무너지면 안 된다는 압박감을
견디고 있었죠.

아무리 강한 사람이라도 한 번쯤 우리 앞에 닥친 시련들로
무너질 수 있어요. 친구는 직장에서 멘탈이 강해서 부럽다
는 말들을 듣다 보니 어느 순간 본인도 모르게 압박감에 무
게를 계속 더 하고 있었어요. 이런 모습을 보인다면 주변에
서 친구에게 '너도 그렇게 강한 건 아니네.'하는 실망의 시선
들이 돌아올까 봐 무섭다고 했죠.

상처를 안 받고 살아가는 완벽하고 행복한 인생이 있다면
얼마나 좋을까요? 그러나 우리는 때때로 갖은 풍파를 겪을
수밖에 없기에 오늘도 상처받은 마음을 참고 억누르고 있어

요. 감정을 모른 척하고 억누르는 것이 아닌 나 스스로 흘려보낼 수 있는 단단한 내면이 되는 그날까지 저는 우리 모두를 응원합니다.

'우리는 강철로봇이 아니잖아. 괜찮아.'

44

자책하지 않아도 괜찮아요

세상엔 정말 부지런한 사람들이 많아요. 친구들이 회사에 다니면서 운동도 하고 공부도 하고 끊임없이 자기계발을 하는 모습을 보면 전 그냥 앉아서 커피나 한잔 마시면서 대단하다고 엄지를 치켜세워주죠. 그러던 어느 날 한 친구가 주말에 아무것도 하지 않고 하루 종일 잠만 잤다며 너무 게을러서 걱정이라는 고민을 털어놓았어요. 피곤해서 휴식을 취했다는 이유만으로 우리는 스스로 자책하며 게으른 사람으로 만들어버려요.

잠을 자고 싶은 사람은 충분히 자면 되고 뒹굴뒹굴하고 싶은 생각이 든다면 충분히 뒹굴뒹굴하면 돼요. 그건 게으른 게 아니라 우리가 원하는 것을 제대로 하고 있는 거예요. 저는 친구의 자책에 쉬는 게 뭐가 나쁘냐고 물었어요. 그러자 친구는 쉰 게 아니라 시간을 낭비한 것 같아서 마음이 안 좋다고 했죠.

운동하고, 책도 읽고, 여행도 가고, 홈베이킹도 하고, 하고 싶은 것들을 하며 부지런히 사는 거 좋아요. 그래도 가끔은 우리에게도 휴식이 필요한 순간이 있어요. 당장 하고 싶은 것도 없고 피곤하기만 한데 주변을 보고 조급해진 마음에 억지로 무언가를 시작한다면 오히려 역효과만 나타날 거예요. 점점 더 귀찮아져서 하기 싫어지고 결국 안 하는 횟수가 늘어나고 그러다 보면 또 자책하게 되고 쳇바퀴처럼 계속 돌고 돌게 되는 거죠. 너무 피곤해서 하루 종일 잠을 잤다는 친구는 잘한 거예요. 내 몸이 휴식을 원한다는 것을 알아주고 충분한 숙면을 취한 거니까요. 내 몸이 들려주는 신호를 무시하지 마세요. 다른 사람들과 나의 인생을 비교하며 황금 같은 휴식 시간에 스트레스를 더하지 마세요. 사람마다 각자의 살아가는 방식이 존재하고, 우리는 우리만의 방식으로 살아가고 있는 거니까요.

'그런 의미에서 나는 커피나 한잔 마시면서 뒹굴뒹굴할
란다~'

45

거절을 두려워하는
우리에게

　여러분은 말도 안 되는 상황에서 거절을 잘하시는 편인가요? 저는 말보다 표정으로 거절을 하는 편이에요. 말로 좋게 거절할 수도 있지만 이미 표정과 눈으로 험한 말을 하는 상황이랄까요. 감정이 표정에 잘 드러나서 저런 상황에 놓여 있을 때 대답을 안 해도 표정이 말보다 더한 거절 표시가 돼요. 표정으로 거절 의사를 내비치지 못하는 상황에선 그냥 싫다는 표현을 다 해요. 거절한다고 해서 제가 받는 불이익은 없으니 신경 쓰지 않는 편이기도 하죠.

　오랜만에 만난 친구의 요즘 최대 고민은 거절을 잘하지 못해 불이익을 받는다는 거였어요. 회사에서도 항상 다른 동료들의 부탁을 거절하지 못해서 일거리는 쌓여가고, 길에서 누군가 얼굴에 근심 걱정이 많아 보인다며 첫째의 삶은 힘들지 않냐고 다가와도 거절하지 못하는 바람에 쓸데없는 이야기들을 들으며 붙잡혀 있느라 약속 시간에 늦기도 한다고 했죠. 친구는 삼 남매 중 막내인데 말이에요. 친구는 자신이 누군가에게 싫은 소리를 했을 때 상처받을 상대방을 생각하면 마음이 불편하다고 했어요.

우리를 난처하게 만드는 일들은 예고도 없이 불쑥불쑥 찾아오죠. 그 상황을 잘 대처할 수 있으면 좋겠지만 어쩔 수 없이 거절하지 못하는 경우가 많아요. 그러다 보면 어느새 다른 사람이 해야 할 일이 나에게 와있고, 정신없는 하루를 보내고 피곤한 와중에 부탁이 있다는 친구의 말을 거절하지 못해서 들어주게 되고, 길에서 말도 안 되는 이야기를 늘어놓으며 다가오는 사람들에게 이끌려 한참을 붙들려 있게 되죠.

친구는 모르는 사람의 부탁을 거절하는 것보다 주변 사람들의 부탁을 거절하는 것에 대한 어려움이 더 크다고 했어요. 그런데 이게 오롯이 친구가 거절하지 못해서 생기는 잘못일까요? 아무리 친한 관계여도 지켜야 할 선은 존재해요. 한 번의 부탁이 열 번이 되고 스무 번이 되고 어느 순간 당연한 게 되어버릴 테니까요. 말도 안 되는 일은 거절하셔도 괜찮아요. 상대방이 나에 대해 안 좋은 말을 할까 봐 두렵고, 상처받을까 봐 두려운 것보다 거절하지 못했을 때 자신이 받을 스트레스의 크기를 더 생각하세요. 스트레스는 만병의 근원이에요. 거절을 하면 마음은 잠시 불편할 수 있지만 말도 안 되는 일들을 감당해야 할 일은 줄어들 거예요. 혹시라도 상대방이 마음 상해하고 멀어진다면 그 관계는 멀어진 그대로 그냥 두셔도 괜찮아요. 내 거절 한 번으로 멀어질 사이였으면 그건 진짜 내 사람이 아니니까요.

'제가 빙다리 핫바지로 보이시나요? 자기 일은 자기가 알아서 합시다.'

46

걱정이 태산인 우리에게

걱정은 항상 우리를 따라다니는 그림자 같은 존재인 것 같아요. 우리는 늘 일어나지 않은 일들을 미리 걱정하게 되죠. 그렇지만 그것들은 전부 현실이 아니에요. 그냥 우리의 머릿속에 그려진 생각일 뿐이죠. '걱정이 태산이다.'라는 말은 우리가 실제로 얼마나 많은 것들을 걱정하며 살고 있는지를 잘 나타내주는 것 같아요.

예를 들면 높은 곳에 올라갔을 때, 혹시라도 떨어지면 어떡하나 걱정하고, 엘리베이터가 고장 나면 어떡하나, 컴퓨터로 작업하고 있는데 갑자기 전원이 나가버리면 어떡하나

하는 고민과 걱정들 말이에요. 우리의 머릿속에 있는 그 생각들은 지금 당장 현실에서 내 눈앞에 일어나지 않은 일들이지만 미리 자리 잡은 근심과 걱정은 우리의 머릿속에서 더욱더 거대해지고 결국 스트레스로 자리 잡게 되죠.

좀 더 현실적인 문제로 걱정을 하는 친구들은 월급을 받기도 전에 빠져나가는 카드값을 걱정한다던가, 큰맘 먹고 산 물건이 혹시 불량은 아닐까 걱정하죠. 다행히도 카드값이 다 빠져나가도 통장 잔고가 여유 있고, 물건은 아무 하자 없이 잘 도착하지만 그것들을 직접 눈으로 확인하기 전까지 걱정은 끝도 없이 이어져요.

물론 비현실적인 문제로 미리 걱정을 하는 친구도 있어요. 공포영화를 굉장히 좋아하는 친구가 있는데, 그 친구는 가끔 한 번씩 '이러다 진짜 좀비 세상이 되면 어떡하지? 좀비가 나타나면 집에만 있어야 하나?'라며 걱정을 해요. 그 말을 들은 다른 친구들은 좀비 같은 소리 한다며 친구에게 말도 안 되는 걱정을 한다고 웃어넘기지만, 친구는 그건 모르는 일이라며 좀비가 없는 현재에서 미리 걱정을 하고 있어요.

왜 우리는 현실에서 나타나본 적 없는 공포의 좀비 세계를 걱정하게 되는 걸까요? 영화가 너무 리얼해서? 아니면 아예 현실 불가능한 이야기는 아니라고 생각해서? 각자 너무 다양한 걱정거리들을 끌어안고 사는 우리들의 마음은 지칠 대로 지쳐있을 거예요. 이제 아직 눈 앞에 펼쳐지지 않은 걱정들은 조금 내려놓고 나에게 일어날 긍정적인 일들만 생각하며 복잡한 우리의 머릿속을 편안하게 해주세요.

'모든 근심 걱정은 나를 비껴간다! 훠이훠이!'

47

자신의 재능을
외면하는 사람들에게

여러분은 어떤 재능을 가지고 계시나요? 제가 친구들에게 물었을 때 '이거!'라고 한 번에 대답하는 친구가 거의 없었어요. 이 질문의 답을 제 자신에게 했을 때도 마찬가지였죠. 그러면서 생각해 보니 우리는 거창한 일이 아니면 자신이 무엇을 잘한다고 해도 그 분야에 대한 특별한 재능을 가지고 있다고 생각하지 않아요.

어떤 친구는 디지털 시대에 맞게 기계를 기가 막히게 다루고, 어떤 친구는 외국어를 기가 막히게 하고, 또 어떤 친구는 숫자에 강해서 어려운 계산을 막힘없이 기가 막히게 하는데도 불구하고 다른 사람이랑 비교하면 잘하는 편이 아니라며 자신의 재능을 과소평가하고 외면해버린다던가 아니면 이 정도는 누구나 다 한다며 그걸 자신의 재능이라고 생각하지 못하죠. 저는 아직 아날로그적인 게 편하고 외국어는 애증관계이며 숫자랑은 거의 절교한 사이인데 말이에요.

그러다 보니 자신에게 안 맞는 옷을 입고 있듯이 적성과는 전혀 다른 일을 하며 스트레스를 받는 친구들도 많아요. 매일 맞지 않는 옷을 입으며 자신의 능력을 의심하게 되고 스스로를 괴롭히다 보니 빛을 보고 싶어 하는 우리의 재능을 가두는 마음속의 감옥을 만들어 버리게 되죠.

피카소처럼 멋진 그림을 그리고 이름을 날려야만 예술적 재능이 있는 걸까요? 전 세계 유명 호텔 셰프들이 아니면 요리에는 소질이 없고, 유명 MC가 아니라면 말하는 것에 재능이 없을까요? 재능은 누구나 가지고 있어요. 그것을 의식하지 못하고 발견하지 못할 뿐이죠. 이제 오랜 시간 우리 안에 잠들어있던 잠재력을 깨워주세요. 그 안을 잘 들여다보면 우리가 인식하지 못하고 있던 우리의 재능을 발견하게 될 테니까요.

'어디 보자~ 내가 잘하는 건?!'

48

여전히 마음속엔
바다가 있기에

20대가 끝나갈 무렵에 절친한 친구와 기념으로 해외여행을 계획했었어요. 그러나 운명의 장난인지 시기에 맞춰 코로나바이러스가 퍼졌고, 우리의 계획은 미뤄지고 미뤄지다 결국 1년이 지나서야 국내로 계획을 변경했죠.

운전을 잘하는 친구 덕분에 강릉으로 가게 된 저희는 흐린 날씨 속에서도 열심히 놀다가 저녁에 비가 그치자 숙소 앞에 있는 바다를 보러 나갔어요. 흐린 밤하늘 아래 떠 있는 바다는 그야말로 압도적이었어요. 하늘과 바다의 경계선도 보이지 않아 그렇게 무서운 바다는 처음이었죠. 불꽃놀이를 하며 무섭다고 소리치는 제게 친구는 그대로 있으라며 열심히 사진을 찍어주었고 그러다 보니 어느 순간 거대한 파도 소리를 내며 밀려오는 바다를 넋 놓고 바라보게 되었어요.

한참을 멍하니 바라보고 있다 보니 마음속에 스스로를 괴롭히고 있었던 부정적인 생각들이 하나씩 떠오르기 시작했고, 저는 그 생각들을 조용히 바닷속으로 던져버렸어요. 바다는 더 거대한 파도를 만들어 그 생각들을 흘려보내주었죠.

기분이 한결 나아졌어요. 암흑 같았던 바다는 더 이상 무섭지 않았어요. 오히려 고마운 존재가 되었죠. 요즘도 전 가끔 감정이 흔들리기 시작하면 눈을 감고 그때의 그 순간을 떠올리며 저를 괴롭히는 감정들을 바다에 던져 파도와 함께 흘려보내고 있어요. 여러분도 여러 감정들이 힘들게 할 땐 조용히 그것들을 마음의 바닷속으로 흘려보내보세요. 눈을 감고 여러분이 원하는 바다를 상상한 뒤 괴로운 생각들을 바닷속으로 던져버리세요. 나를 괴롭히던 감정들을 바다가 전부 흘려보내준다고 생각해 보세요. 우리가 스스로의 감정에 휘둘리지 않는 그날까지 마음속의 바다는 우리의 안 좋은 감정들과 기억들을 조용히 받아주고 조용히 흘려보내줄 거예요.

'오늘도 잘 부탁해 바다야.'

49

베토벤의 말처럼

여러분은 클래식 좋아하시나요? 클래식의 거장 베토벤은 '내 음악을 듣는 사람은 누구든 다른 인간들을 짓누르는 온갖 불행에서 놓여날 수 있을 것이다.'라고 했어요.

저는 평소에 클래식을 좋아해서 자주 듣는 편인데, 세상의 불행으로부터 벗어날 수 있다는 베토벤의 말을 듣고 하루에도 몇 번씩 그의 음악을 들으며 그 말 자체를 받아들이고 되새겼어요. 그러다 보니 어둡고 긴 터널의 출구가 보이기 시작했어요.

내면의 힘을 기르기 위해선 어떠한 계기가 필요할 때도 있죠. 저는 그 계기를 삶을 위로하는 베토벤의 음악을 들으며 더욱더 단단하게 만들었어요. 음악을 틀어놓고 그가 생전에 했던 말을 끊임없이 되새기며 하고 싶은 일에 집중하다 보니 어느새 안개처럼 제 앞을 가로막고 있던 우울함이 조금씩 사라지게 되었어요.

저는 지금도 여전히 감사하는 마음과 긍정적인 마음, 그리고 안 좋은 감정들을 받아들이고 흘려보내는 법을 배우는 중이에요. 다양한 책을 통해서 작가분들이 들려주는 이야기를 공감하고 이해하며 그들 또한 어떠한 삶을 살았는지, 그리고 그들 역시 이 세상을 살아가고 있는 또 하나의 '우리'라는 것을 느끼고 공부하고 있어요.

불행하다고 불평만 하고 있는 것이 아닌 지금의 내가 왜 불행한지 나의 마음을 온전히 들여다보는 것. 그것이 우리에게 가장 필요한 시간 아닐까요? 이 글을 읽고 계시는 여러분들에게 긍정적인 힘이 닿기를 바랍니다.
'온갖 불행은 애초부터 우리 것이 아니에요.'

50

기적은 바로 우리에요

누구나 한 번쯤 나에게 다가올 기적을 꿈꾸며 살아가죠. 그렇지만 기적이라는 놈은 왜 이렇게 나만 비껴가는 것 같은지, 왜 닿을 것 같았는데 스치지도 않고 휙 지나쳐 가버리는지, 때론 원망도 들 때가 있어요.

그렇지만 우리가 존재하는 지금 이 순간이 기적인걸요. 우리가 이 세상에 태어난 순간부터 기적은 시작된 거예요. 꼭 세계에 업적을 남긴 누구나 들어봤을 법한 유명 인사들만이 이 세상에 존재 가치가 있는 사람들일까요? 남들과 비교하며 그 사람들에 비해 나는 이룬 게 없는 것 같고, 내 존재는 아무것도 아닌 것 같다는 생각이 들 때도 있을 거예요. 그렇지만 우리가 원하는 무언가를 시작할 수 있는 바로 이곳에 기적 같은 우리가 존재하기에 이 세상은 더할 나위 없이 특별하답니다.

'우리는 우주의 먼지에 불과해'라는 말을 입버릇처럼 달고 다니는 분이 계세요. 우주의 먼지에 불과한 우리가 모여서 만든 세상이 정말 아무것도 아닐까요? 우리가 숨을 쉬고 살 수 있는 모든 조건이 완벽하게 떨어지는 이곳에서 말이에요. 숨은 왜 쉬는 건지 의심을 하며 사는 사람은 없어요. 그냥 태어날 때부터 이 공간에서 우리가 그렇게 살 수 있도록 만들어졌기에 우리는 한치의 의심 없이 숨을 쉬며 살아가는 것이죠.

때론 자신의 존재 여부에 대하여 부정적인 마음으로 의심을 품고 있는 친구들도 있어요. 의심하지 마세요. 우리는 이곳이 우리를 필요로 하기 때문에 존재하는 사람들이에요. 우리는 그만큼 가치 있는 삶을 살고 있어요. 삶을 의심하지 말고 우리가 이곳에 존재하는 이유에 대해서도 의심하지 마세요. 여러분은 세상에 필요한 소중한 존재들이니까요.

'지구 너 내가 꼭 필요했구나?'

어느덧 해가 지고
오늘 하루를 마무리하는 우리 모두에게...

오늘도 눈 깜빡할 사이에 하루가 지나갔네요. 저의 이야기들도 이렇게 마무리가 되었어요.

끝인사를 하기 전에 마지막으로 여러분들께 드리고 싶은 말이 있답니다.

어떤 분들에겐 시간이 어떻게 지나갔는지도 모를 정도로 정신이 없었을 테고, 또 어떤 분들에겐 한 시간이 지난 것 같아서 돌아보면 1분이 지나갔을 하지만 모두 다 같이 길고 긴 하루를 보내셨을 여러분께.

오늘도 모두 고생 많으셨어요.

가끔은 우리가 짊어지고 있는 인생의 무게가 버겁게 느껴질 때도 있지만 그럼에도 불구하고 오늘도 이렇게 우리는 또 새로운 이야기를 한 장 더 써 내려갔네요.

자, 이제 우리 맛있는 저녁을 먹어요.

제일 좋아하는 메뉴를 먹으면서 오늘 하루도 이야기를 꽉 채운 우리 자신을 한번 토닥토닥해줄까요?

"나 진짜 오늘도 잘했어! 최고였어! 나는 역시 세계 최강 이야!"

저는 항상 여러분들의 이야기를 응원한답니다.

오늘도 스스로 빛을 내고 있는 반짝이는 우리 모두에게 감사합니다. 사랑합니다. :)

* 지구를 위해 친환경재생지를 사용합니다.

**어른이 되었지만
아직 배우는 중입니다**

초 판 1 쇄   2022년 4월 20일
지 은 이   박푸들
펴 낸 곳   하모니북

출판등록   2018년 5월 2일 제 2018-0000-68호
이 메 일   harmony.book1@gmail.com
전화번호   02-2671-5663
팩   스   02-2671-5662

979-11-6747-044-7 03810
ⓒ 박푸들, 2022, Printed in Korea

값 13,200원

이 도서의 국립중앙도서관 출판예정도서목록(CIP)은 서지정보유통지원시스템 홈페이지(http://seoji.
nl.go.kr)와 국가자료공동목록시스템(http://www.nl.go.kr/kolisnet)에서 이용하실 수 있습니다.